수면제를 하나씩 모았습니다

수면제를 하나씩 모았습니다

장현주 마음 치유 이야기

담다

차례

프롤로그 8

PART 1 마음이 아프다

착한 딸, 참 살기 힘들다 16

고2, 진로 소주 원샷하던 날 21

배 안 고프지? 27

버려지고 또 버려지고 32

엄마 아빠는 오늘도 전쟁 중 38

'잘못된 만남'을 들으며 울고 또 울다 42

또 쪘네? 살 좀 빼지 48

35 대 1 싸움, 결국 누가 이겼나? 53

사회생활이 다 그래, 그냥 참아 59

독한 년이 행복할까? 65

PART 2 치유 여행을 떠나다

명상 그리고 터진 울음 74

모든 걸 다 버리고 간 인도 80

명상은 고요하다고? 정말? 85

나는 항상 너와 함께 있었다 90

언니, 생일 축하해! 97

It's safe now(이젠 안전해요) 103

'감사'하라는데 엄마 얼굴을 모르겠어요 109

규칙을 지켜야 혼나지 않아 114

6시간 동안 방에 갇혀 봤어? 122

지금 할머니는 진짜 할머니가 아니야 128

그냥 해, 다 너한테 좋아 134

이제 엄마는 아빠가 책임지세요 140

'밥' 먹는 게 이렇게 편한 거예요? 145

나는 지금 가짜인가? 진짜인가? 150

수면제를 하나씩 모았다 155

나를 키워 준 엄마들 162

아빠, 엄마, 나 서로 돌아가며 왕따하기 168

걷고 싶다, 먹고 싶다, 다시 살고 싶다 175

PART 3 마음 힐러가 되다

오늘 잘 이별해야, 내일 다시 잘 만난다 184

마음이 힘들 땐 일단 밥부터 먹어 188

마음으로 낳은 백여 명의 아이 194

혼자가 아닌 함께 203

나는야 결혼 전도사 209

신부님이 될 뻔한 미용사 216

일상에서 명상하기 221

속이 시끄러울 땐 무조건 움직여! 226

에필로그 232

프롤로그

나는 혼자였다.

마음이 통하는 친한 친구가 생겨도 어떤 일로 인해 반드시 헤어지곤 했다. 그리고 늘 가까운 사람들에게 상처를 더 받았다. 가슴에 남은 상처는 계속 쌓였고, 다른 사람과 함께한다는 것이 두렵고 무서워졌다. 관계를 오래 지속하다 보면 가슴에 상처를 남기는 것이 공식처럼 따라다녔다. 점점 사람에 대한 믿음이 사라졌다. 마음을 닫고 살기 시작하면서 솔직한 감정을 누구에게도 표현하지 않게 되었다. 오히려 혼자가 편했다. 사람들과 함께하는 생활을 멀리하고 혼자 지내는 시간을 즐겼다. 하지만 마음이 점점 공허해지고 외로웠다.

삶이 무의미해졌다. 잠을 잘 자지 못했다. 점점 살아야 할 의미를 잃어 갔다. 아침에 눈 뜨는 것이 싫었다. 차라리 이대로 죽었으면 좋겠다는 생각이 수시로 찾아왔다.

수면제를 하나씩 사 모았다.

처음 약을 사던 날, 비가 왔다. 그때 나는 나에게 말했다.

'죽을 수 있을 만큼 모이면 죽자. 대신 모두 모으기 전에 살아야 할 이유를 찾게 되면 그땐 살자. 그리고 나처럼 죽으려고 하는 사람들에게 이 약을 보여 주자. 그리고 말해 주자. 나도 당신처럼 힘들었지만 아직 이렇게 살아 있다고. 한 명이라도 살리는 사람이 되자.'

마음 치유 여행을 떠났다.

어느 명상 모임에 우연히 초대받았다. 명상을 시작하기도 전, 갑자기 가슴속에서 무언가 뜨거운 것이 끓어오르는 느낌이 들더니 울음이 주체할 수 없이 마구 터져 나왔다. 곪고 곪아 쌓여 있던 상처들이 '툭' 하고 터져 우르르 쏟아진 것이다.

나의 마음 치유 여행은 그렇게 시작되었다. 그날의 알 수 없는 경험을 생각하면 지금도 가슴이 뭉클하다.

인도, 미국, 영국 등 여러 나라를 다니고, 한국에 온 많은 외국인 선생님을 코스장에서 만났다. 명상, 요가, 다양한 프로그램, 개인 상담 등 10년간 '삶을 어떻게 잘 살아야 하는가?'를 공부했다. 그런 수많은 과정을 거치며 가슴속에 곪아 있는 과거의 상처를 터트리고 약도 바르며 하나하나 치유해 나갔다. 묻어 두었던 상처가 드러날수록 생각지도 못했던 곳에 원인이 있음을 알고 놀라기도 했다. 상처가 하나둘 치유될 때마다 받아들이지 못했던 것들을 하나하나 알아차리고 이해하기 시작했다. 울기도 하고, 웃기도 하고, 악도 쓰고, 소리도 질렀다. 남들이 보면 '미친년 발광한다' 싶었겠지만 그랬기에 지금 나는 살아 있다.

그. 리. 고.

오로지 나만 희생하고, 나만 상처받고, 나만 아프다고 생각했다. 하지만 상처를 하나둘 씻어내고 보니 나도 남에게 똑같이 상처를 주며 살고 있다는 걸 알게 되었다. 그러면서 참회의 눈물을 흘렸다. 상처 준 이들에게 진심으로 용서를 구했다. 그 후 삶은 조금씩 맑아지고 가벼워졌다.

지금도 상처를 치유하는 중이다.

어려서부터 나를 돌보기보다 남을 배려하는 것이 더 중요하다고 배웠다. 그러다 보니 다른 사람의 눈치를 살피기 바빴다. 하지만 지금은 무작정 참거나 내 감정을 무시하면서까지 남을 배려하려고 애쓰지 않는다.

내 삶, 감정, 마음에 귀를 기울이며 나를 먼저 돌보기 위해 노력한다. 나의 상처를 내가 돌보지 않으면 전과 달라질 수 없다는 것을 알게 되었다. 이젠 나를 보호하고 사랑하며 살아가고 있다. 그리고 좀 더 진실해지고 솔직해지려고 한다.

지금도 마음의 상처를 치유하고 있다. 나처럼 마음의 상처로 힘들어하거나 방황하는 사람들을 만나 그들의 상처를 치유하는 걸 돕고 있다. 나 자신도 치유하고, 함께하는 분들과 더불어 성장하고 있다.

점점 나의 삶을 꽃피우며 가꿔 가고 있다.

얼마 전까지만 해도 살고 싶지 않은 순간이 가끔 있
었다. 그럴 때면 '오늘 하루만 잘 살아 보자' 하며 나를
달랬다. 그런 날은 하루를 좀 더 의미 있게 보내려고 노
력했다. 남을 원망하고 탓하기보다 이해하려고 했다.
또 마음속에 일어나는 부정적인 감정, 생각을 흘려보내
는 것에 집중했다. 불필요한 것이 흘러가면 마음은 텅
비고 고요해진다. 가슴의 빈 공간은 저절로 사랑으로
채워진다. 사랑이 가득 찰수록 남들에게 좀 더 부드러
워진다. 늦었지만 사랑하는 사람을 만나 함께 사랑을
키워 가고 있다.

이젠 조금씩 더 살고 싶어진다.

PART 1

마음이 아프다

착한 딸, 참 살기 힘들다

엄마는 매일 힘들어 보였다.

엄마는 바빴다.

엄마는 화를 자주 냈다.

엄마는 몰래 숨어서 울었다.

엄마와 아빠는 자주 싸웠다.

아빠는 술에 취하면 화를 냈다.

학교에 다녀오면 집에 아무도 없었다.

비 오는 날에는 비를 맞으며 혼자 집에 와야 했다.

혼자 TV를 보며 밥을 먹었다.

항상 돌봐주는 누군가의 눈치를 봤다.

방문을 잠가야 마음이 편했다.

늘 혼자였다.

나는 말 잘 듣는 '착한 딸'이어야 했다.

밖에서 일하느라 힘들어하는 엄마를 보면 말 잘 듣는

착한 딸이 되어야 했다. 내 기분을 살피며 표현하기보다 엄마의 기분을 살피며 그에 맞게 행동해야 했다. 조금이라도 내 기분을 표현하면 더 혼났다. 뭐든 시키는 대로 해야 했다. 내가 원하는 건 중요하지 않았다. 대화는 의미가 없었다. 엄마의 생각을 일방적으로 따라야 했다. 나는 꼭두각시였다.

항상 가족에게 잘 보여야 했고 좋은 아이인 척해야 했다. 그래서 혼자 있을 때가 가장 편했다. 문을 잠그고 방에 있을 때는 누구에게도 잘 보일 필요가 없으니 쉴 수 있었다. 방 밖으로 나가는 순간부터 TV 속 배우처럼 연기를 해야 했다. 나는 가면을 쓴 배우였다.

착한 딸인 척
좋은 사람인 척
괜찮은 사람인 척
친절한 사람인 척
마음 넓은 사람인 척

얼마나 많은 가면을 쓰고 살았던 걸까? 그 가면의 무게가 얼마나 무거웠을까?

가장 힘들었던 연기는 '착한 딸'이었다.

나는 부모님의 부부 싸움 한가운데에 있었다. 그러다 보니 상대를 향한 비방을 항상 들어야 했다. 부모님은 서로를 미워하셨다. '저렇게 서로 미워할 거면 왜 같이 사는 걸까?' 늘 궁금했다.

부모님에게 화풀이 대상이 되기도 했다. 밖에서 화가 나는 일이 있을 때면 언제나 나에게 화풀이하셨다. 이유 없이 혼나고 맞았다. 하루는 자고 있는데 아빠가 술을 드시고 갑자기 내 방에 들어와 큰 장난감 집을 나에게 던지고 나가셨다. 그 이유는 지금도 알 수 없다.

걱정도 나의 몫이었다. 두 분 중 한 분이 집을 나간 날엔 집에 돌아올 때까지 기다려야 했다. 누군가 집에 들어오는 소리를 들어야 잠을 잘 수 있었다.

35년간 나는 착한 딸이었다.

착한 딸은 더는 살기 싫을 만큼 많이 힘들고 지쳤다.

개인 상담을 받았다. 상담이 몇 차례 이뤄졌지만 진척이 없었다. 하지만 그런 상황에서도 상담 선생님은 내 말을 잘 들어 주셨다. 살면서 누군가가 내 이야기에 정성껏 귀 기울이고 호응해 준 적이 없었다. 아무도 내 말을 잘 들어 주지 않았다. 하지만 선생님은 언제나 열심히 내 이야기를 진심으로 들어 주셨다.

한번은 상담 중 어떤 이야기를 하다가 갑자기 가슴속 깊은 곳에서부터 울음이 터져 나왔다. 선생님은 한참 동안 엉엉 우는 나를 가만히 지켜보셨다.

울음이 잦아질 때쯤 말했다.

"선생님, 아까 말하고 있는데 갑자기 이런 생각이 났어요. '아! 나는 지금 좋은 사람인 척 연기하고 있구나…' 생각해 보니 저는 네 살 때부터 지금까지 이렇게 연기하며 살아왔어요."

내 말을 듣고 난 후 선생님은 활짝 웃으며 말씀하셨다.

"내가 너 언제 그 가면을 벗나 했다. 드디어 알아차렸구나. 축하한다. 다 울었니?"

"네."

"그럼 이제 밥 먹으러 가자."

고2, 진로 소주 원샷하던 날

초등학교 5학년 때부터 갑자기 키가 크고 통통한 아이가 되었다. 통통했던 아이는 점점 뚱뚱한 아이가 되어 갔다. 중학교 때 상위권을 유지하던 성적은 고등학교 진학 후 학교에 적응하지 못하면서 중하위권으로 내려갔다. 외모와 성적은 자존감도 떨어뜨렸다. 낮은 자존감으로 낯가림을 심하게 했고, 친구들과 점점 멀어지며 외톨이가 되었다.

어릴 때부터 친했던 친구와 고2 때 같은 반이 되었다. 새 학기 시작부터 그 친구하고만 다니느라 새로운 친구를 사귀지 못했다. 그런데 어느 날부터 그 친구가 나를 아는 척하지 않았다. 자존감이 바닥이었던 그 당시 나에겐 충격적인 일이었다. 외모도 이쁘고 공부도 잘했던 그 친구는 주변에 새로운 친구가 많이 생겼고, 뚱뚱하고 소심했던 나는 철저히 혼자가 되었다. 반에서 아무하고도 어울리지 못하고 겉돌았다.

나는 '왕따'가 되었다.

학교 가는 길이 지옥 같았다. 아무도 나에게 말을 걸지 않았다. 나도 다른 사람에게 다가가지 못했다. 이런 문제를 누구에게 말할 수도 없었고, 어떻게 해결해야 할지도 몰랐다. 성적은 더 떨어지고 살은 점점 더 쪘다. 스트레스를 '꾸욱' 눌러 담았다. 그러다가 그 일이 생겼다.

경주로 수학여행을 갔다. 수학여행 내내 조용히 혼자 다녔다. 그 친구는 나를 모른 척하며 다른 친구들과 함께 즐겁게 다녔다. 부러웠다. 그날 밤 모두 장기자랑을 하며 즐거운 시간을 보냈지만, 나는 즐길 수 없었다. 모든 행사가 끝나고 아이들이 삼삼오오 숙소에 모여 끼리끼리 이야기하며 놀고 있었다.

어느 무리에도 낄 수 없었던 나는 밖에서 방황하며

늦은 밤이 되기를 기다렸다. 혼자 벤치에 멍하게 앉아 있다가 앞에 있는 매점으로 갔다. 소주 한 병을 샀다. 매점 밖으로 나오자마자 소주 한 병을 그 자리에서 모두 들이마셨다.

저녁도 안 먹은 빈속에 처음 '소주'라는 걸 마셨다. 목부터 가슴까지 타들어 가는 찌릿한 느낌이 났다. 정신 차리고 앞을 보니 땅이 위아래로 일렁거렸고, 사방의 모든 나무가 이리저리 움직였다. 속이 쓰리고 따가웠지만 기분은 좋았다. 흔들흔들 비틀거리며 우리 반 아이들이 있는 숙소를 찾아 방문을 열었다. 몇 명씩 둘러앉아 즐겁게 이야기하는 아이들을 보며 방문턱에 앉았다. 그리고 소리 내어 울며 서러운 하소연을 시작했다.

"나는 버림받았어. 걔가 나를 이유 없이 모른 척하고 따돌려. 나는 다른 친구도 못 사귀고 혼자 다니고…. 억울해! 왜 나만 따돌려? 도대체 뭘 잘못했길래 나한테 이러는 거야?"

23

얼마나 서럽게 울면서 이야기했는지 방 안에 있는 아이들 모두 함께 울었다. 그때 뭐라고 더 이야기했는지 자세히 기억나지 않는다. 마지막 기억은 화장실 바닥에 앉아 변기를 붙잡고 있던 것이다. 콧물과 눈물이 범벅된 채 자다 깨기를 반복했다. 밖에서는 문 두드리는 소리가 어렴풋이 들렸다. 다음 날 쓰린 속을 티도 못 내고 또 혼자 조용히 다녔다. 누구도 어제 일에 대해 묻지도 얘기하지도 않았다.

그 후 아무 일도 없었던 것처럼 남은 학기를 혼자 꿋꿋하게 마쳤다. 그 친구와 고3 때도 같은 반이 되었지만 서로 아는 척하지 않았다. 새로운 친구를 많이 사귀었지만, 예전처럼 친구들에게 마음을 다 주지 못했다. 그저 적당한 관계를 유지하며 다시 상처받지 않을 정도로만 만났다. 언제든 혼자 될 때를 대비해야 했다.

고3이 끝날 무렵, 갑자기 그 친구가 나에게 말을 걸었다. 아무 일도 없었던 것처럼 다시 친구가 되었다. 졸업 후 대학도 가까운 곳에 다녀 자주 만났다. 겉으로는 친해졌지만, 예전처럼 편하지 않았다.

서울에 있는 직장에 취직해 혼자 살고 있을 때 부산에 있던 그 친구에게서 연락이 왔다.

"나 서울에서 취직하려고 하는데 니네 집에서 지내도 돼?"
"그래, 와서 있을 곳 생길 때까지 있어."

그 후로도 여러 번 내가 살던 집에서 지내게 했다.
어느 날 일을 마치고 집에 들어섰을 때였다. 방에서 그 친구가 남자친구랑 통화하는 소리가 새어 나왔다.

"지가 부모 잘 만나서 이런 좋은 집에 살지, 뭐가 잘 났겠어."

가정 형편이 어려웠던 그 친구는 피해 의식으로 가득 차 있었다. 그녀가 또다시 내게 상처를 줄지도 모른다는 두려움이 밀려들었다. 그동안 오래된 친구를 잃고 싶지 않아 그녀가 원하는 대로 맞춰 주려고 애썼다. 항상 둘의 관계에서 나는 '을'이었지만 불편해도 참았다. 하지만 그날 그녀의 진심을 알고 난 후, 더는 친구로 지내고 싶지 않았다. 그녀와 진짜 헤어지기로 결심했다.

그날 나는 친구에게 말했다.

"남동생이 곧 온대. 이제 네가 있을 곳 찾아 봐."

그렇게 우리는 영원히 헤어졌다.

배 안 고프지?

고3 어느 날, 독서실에 갔다가 집중도 안 되고 피곤해서 일찍 정리하고 저녁 9시쯤 집에 왔다. 엄마는 내 얼굴을 보고 말씀하셨다.

"배 안 고프지? 먹지 마, 살쪄. 응?"

배가 고팠지만 차마 그렇다고 말할 수 없었다. 엄마가 있는 날에는 집에서 아무것도 편하게 먹을 수 없었다. TV 드라마에서 아이가 공부하고 있을 때 엄마가 간식을 가져다주는 장면을 봤다. 그때 처음 알았다.

'아! 공부하는 아이들에게 부모가 간식을 가져다주는구나…'

우리 집에선 있을 수 없는 일이었다.

초등학교 5학년 때였다. 엄마가 돈가스를 먹으러 가자고 했다. 일하느라 항상 바쁜 엄마와 맛있는 돈가스를 먹을 생각에 신이 나서 한걸음에 따라나섰다. 도착한 곳은 '송도단식원'이었다.

"엄마가 데리러 올 때까지 여기서 언니들하고 잘 지내. 알았지?"

그날 모르는 사람 가득한 낯선 곳에 나는 혼자 남겨졌다. 엄마가 데리러 올 때까지 물만 먹으며 지내야 했다. 2층짜리 단독 주택이었던 송도단식원은 층마다 방이 3개씩 있었고, 각방에는 20~30대 여자들이 며칠씩 굶으며 합숙하고 있었다. 대부분 기운이 없어 누워 있거나, TV를 보며 시간을 보내고 있었다. 하루 이틀은 배도 안 고프고 지낼 만했다.

문제는 사흘째부터였다. 아침부터 현기증이 나고 어

지러웠다. 기운이 없어 자꾸 누워 있게 되었다. 시간이 지날수록 배고픔은 더해지고 힘이 빠졌다. 빨리 자려고 자리에 누웠지만 밤늦은 시간까지 잠들 수 없었다. 거실로 나와 소파에 앉으니 창밖으로 송도 바다 위에 반짝이는 불빛이 보였다. 소파에 누워 자려고 했지만 잠이 안 왔다. 어두운 거실, 자판기 불빛과 자판기가 작동하는 소리만 들렸다. 배가 너무 고팠다. 500원만 있으면 자판기에서 게토레이를 사 먹을 수 있는데 돈이 없었다. 계속 물만 먹다가 지쳐 잠들었다.

열한 살이면 울며불며 엄마 불러 달라고 떼를 쓸 만도 한데 나는 배고픔을 참으며 조용히 지냈다. 사실 배고픔보다 엄마가 더 무서웠다. 다음 날 기운 없이 누워 있는 나를 본 어떤 언니가 게토레이를 하나 사 줬다. 단숨에 마셨다. 너무너무 달고 맛있었다.

나흘 동안 물만 먹었으니 얼마나 맛있었을까? 그때는 꿀같이 달콤했던 게토레이를 그 이후부터 먹지 못했다.

5일째 되던 날 이모들 덕분에 탈출할 수 있었다. 내가 없어진 며칠 동안 작은이모가 "애를 어디 데려갔어!"라며 난리를 쳐서 나를 데리러 왔다고 했다. 그렇게 5일 만에 집으로 돌아왔다. 집에 돌아오면 먹고 싶은 것 실컷 먹을 줄 알았는데 그러지 못했다. 보식해야 한다며 한동안 죽만 먹었다.

하루는 부엌 구석에 몰래 숨어 냄비에 있던 시래깃국의 시래기를 손으로 허겁지겁 건져 먹었다. 평소에는 거들떠보지 않던 음식이었지만 갑작스럽게 아무것도 못 먹게 할까 봐 급하게 먹었다. 표시 나지 않게 몰래 먹었다. 먹고 또 먹어도 항상 허기지고 배가 고팠다. 그때부터 이상한 버릇이 생겼다.

음식 몰래 먹기
몰래 먹고 안 먹은 척 하기
사람들이 많을 때는 적게 먹기
혼자 있을 때 아무거나 막 먹기
다이어트한다고 낮 동안 참다가 밤에 폭식하기

먹을 때 주변 사람들 눈치 보기

이외도 먹는 것에 대해 이상한 행동을 했다. 나중에 알고 보니 이런 증상이 식이 장애였다.

단식원에서 나온 이후로 엄마는 언제 어디서나 내가 먹는 걸 감시했다. 그리고 웬만하면 못 먹게 했다. 그럴 수록 엄마 몰래 먹었다. 엄마의 바람과 다르게 나는 점 점 뚱뚱해졌다.

버려지고 또 버려지고

"집에 봉고차 있는 사람?"
"저요! 저요!"

5살 때의 일이다. 어느 날 유치원 선생님의 질문에 씩씩하게 대답했다. 나는 우리 집 빨간 봉고차가 언제나 자랑스러웠다. 덕분에 아빠는 하루종일 유치원 소풍 운전기사가 되어야 했다.

다대포로 소풍 가는 길, 빨간 봉고차 앞자리는 내 차지가 되었다. 신이 났다. 바닷가에서 즐겁게 놀고 돌아가는 길에 아빠가 말씀하셨다.

"너는 유치원 버스 타고 집에 가라."
'어… 아빠가 왜 날 버리지?'

그때 처음 드는 마음이었다.

그날 '버려졌다'라는 경험을 처음 했다.

대학 입시를 마치고 첫 연애를 시작했다. 처음으로 만난 남자친구를 순수한 마음으로 좋아했다. 하지만 그 사람은 자주 연락이 되지 않았다. 열흘 넘게 연락이 안 될 때도 있었다. 연락을 기다리다가 지치기를 반복했다.

'내가 더 좋아해서 그러나? 다른 사람을 만나고 있나? 이 사람은 나를 이용하고 버리려는 건가?'

여러 가지 생각이 마음을 어지럽게 했다. 몇 번 만나다가 결국 헤어졌다. 그 사람은 매달렸지만 더는 혼자 고민하며 기다리고 싶지 않았다. 몇 년이 지난 후, 우연히 그 사람을 만났다.

"사실 그때 나이트클럽에서 일하고 있었어. 너한테 초라한 모습 보이고 싶지 않아 말 못 했어. 미안해. 널 참 많이 좋아했어. 지금도 그래."

다시 그 사람을 만나기 시작했지만, 얼마 후 결국 똑같은 이유로 헤어졌다. 나는 버림받고 혼자 남겨지는 경험을 하고 싶지 않았다.

대학에 입학한 후, 함께 있으면 좋은 선배가 있었다. 자주 술도 마시고 작업을 도우며 꽤 친해졌다. 조금씩 좋아하는 마음이 생겼지만 여자친구가 있는 그를 바라보기만 했다. 2학년이 되고 어학연수를 위해 휴학계를 제출했다. 그날 아침, 술에 취한 채 잠이 덜 깬 상태로 작업실에 있는 선배에게 달려가 어학연수 소식을 말했다. 내 얘기를 모두 들은 선배가 말했다.

"나 며칠 전에 여자친구랑 헤어졌어."

안타까워하는 그의 눈을 보면서 아무 말도 할 수 없었다.

'하루만 일찍 말하지. 그러면 안 갈 수도 있었는데….'

3개월 뒤, 뉴질랜드 하숙집으로 편지 한 통이 왔다. 선배는 자신의 마음을 표현했다. 장거리 연애하듯 자주 연락하는 사이가 되었다. 한국에 돌아갈 날이 기다려졌고 그가 많이 보고 싶었다.

1년이 지나고 한국에 돌아올 때쯤 친구에게서 선배가 결혼한다는 소식을 들었다. 믿고 싶지 않았다. 그에게 여러 번 확인했지만 '사실이 아니다'라는 말만 반복했다. 한국에 돌아와 사실을 확인했을 때도 그는 아니라고 했다. 결혼식 전날, 그가 나를 찾아왔다.

"나 내일 결혼해. 미안하다."

우리는 바닷가에 말없이 앉아 있었다. 그의 결혼식인 다음 날, 나는 집에서 울고 또 울었다.

몇 달 후 그가 딸아이의 아빠가 되었다는 소식을 전해 들었다. 그는 나와 연락하는 동안 다른 여자를 만나고 있었다. 몇 번 안 만나고 아이가 생겼다. 결혼을 안 하려고 했지만 아이 엄마가 포기하지 않았다.

'어쩔 수 없는 상황이었구나…' 하고 이해하려고 했다. 하지만 결국 그는 날 속였고, 나는 또 버려졌다.

명상센터에서 삶을 포기하려는 남자를 만났다. 몇 년 전 내 모습을 보는 것 같아서 그 사람에게 좋은 이야기도 해 주고 삶의 활력을 찾으라고 격려도 했다. 가끔 맛있는 밥도 사주고 힘들다고 연락이 오면 조언도 해 주며 자주 연락했다. 그렇게 여러 번 만나는 동안 자연스럽게 그 사람에게 끌렸다.

그러나 그는 내가 부담스럽다고 했다. 그러면서도 적당히 거리를 두고 계속 연락이 왔다. 하지만 내가 가까이 다가가면 멀어지려고 했다. '이 사람도 필요할 때만 나를 찾고 이용하는구나' 하는 생각을 지울 수 없었다. 그런데도 도통 포기하지를 못했다. 결국 계속 끌려다니다가 지쳐서 내가 먼저 연락을 끊었다.

나는 나를 좋아해 주는 사람에게는 끌리지 않았다. 나를 부담스러워하는 사람을 만나려고 애쓰곤 했다. 하지만 그렇게 좋아하는 사람과 어렵게 이어져도 이내 버려지는 느낌을 받거나 대부분 버려졌다. 그런 경험이 쌓이면서 좋아하는 마음을 표현하는 것이 어려운 일이 되었다. 그래서 누군가와 함께 있으면 평온하다기보다 버려질까 봐 두려웠고, 버려지기 전에 내가 먼저 떠났다.

더는 먼저 상처받고 버려지기 싫었다.

엄마 아빠는 오늘도 전쟁 중

'달님, 우리 가족 모두 건강하고 행복하게 해 주세요.'

어릴 적 보름달을 볼 때마다 빌던 나의 간절한 소원이었다. 어린 내 눈에 우리 가족은 행복해 보이지 않았다. 지금도 눈을 감으면 떠오르는, 잊히지 않는 기억이 있다.

열한 살 때 어느 날 밤, 큰이모가 여기저기 전화를 했다. 작은이모는 울면서 불안해했다. 엄마가 집을 나갔다. 아빠도 집에 계시지 않았다. 무슨 일이 일어났는지 모르겠지만 분위기가 심각했다. 어수선한 분위기가 이어지는 가운데 시끄럽게 울리는 전화를 내가 받았다.

"엄마 잘 있으니까 이모들한테 그렇게 말해."

전화기 너머로 들려오는 엄마 목소리가 반가웠다. 엄마는 짧게 말하고 전화를 끊어 버렸다. 그날 엄마는 집에 들어오지 않았다.

그즈음 엄마가 부엌 한쪽 구석에서 소리 죽여 울던 모습을 많이 봤다. 나는 몰래 숨어 엄마의 뒷모습을 보곤 했다. 엄마의 전화를 받았던 그날 이후, 엄마가 또 집을 나갈까 봐 밤마다 마음이 불안했다. 밤이 되면 내 귀는 항상 집 밖에서 들리는 발소리에 집중되었다. 나중엔 발소리만 들어도 누군지 알 수 있을 정도였다. 나는 밤마다 보초를 서야 했다.

어느 날 밤 술에 취한 아빠가 커다란 시멘트 블록을 들고 집에 들어오셨다. 시멘트 블록은 안방에서 창문 밖으로 던져졌다. 유리창 깨지는 소리가 크게 났다. 놀란 나는 방으로 들어가 소리 내지 않고 울었다. 시간이 흐를수록 아빠가 점점 무서워졌다.

부모님의 싸움이 잦은 편이었다. 두 분이 다투던 소리, 아빠의 고함, 엄마의 울음소리는 어디서나 크게 들렸다. 마음이 힘들었다. 그래서 보름달이 보일 때마다 베란다에서 열심히 소원을 빌었다.

'달님 우리 엄마 아빠 웃게 해 주세요. 제발 행복하게 해 주세요. 제발 싸우지 않게 해 주세요.'

너무나도 간절한 마음으로 빌었다. 하지만 끝내 그 소원은 이루어지지 않았다.

나는 더는 보름달을 찾지 않았다.

아주 가끔 큰 보름달을 보면 간절하게 소원을 빌던 어린 시절이 떠오른다. 30년 세월이 흘러 일흔 살이 넘은 두 분은 지금도 열심히 싸우신다. 엄마는 가끔 집을 나갔다가 며칠이 지나면 다시 돌아오신다.

상황은 변하지 않았다.
부모님들도 변하지 않았다.

엄마 아빠는 오늘도 전쟁 중이다.

'잘못된 만남'을 들으며 울고 또 울다

1997년 8월의 어느 밤 바닷가, 김건모의 노래 '잘못된 만남'을 들으며 목놓아 울었다.

"난 너를 믿었던 만큼 난 내 친구도 믿었기에
난 아무런 부담 없이 널 내 친구에게 소개시켜 줬고
그런 만남이 있는 후로부터 우리는 자주 함께 만나며
즐거운 시간을 보내며 함께 어울렸던 것뿐인데
그런 만남이 어디서부터 잘못됐는지
난 알 수 없는 예감에 조금씩 빠져들고 있을 때쯤
넌 나보다 내 친구에게 관심을 더 보이며 날 조금씩
멀리하던…"

고3 생활이 끝나갈 무렵에 급속히 친해진 한 친구가
있다. 우리는 매일 함께 다녔다. 온종일 함께 지내다가 집에 돌아가면 잠들 때까지 전화 통화를 했다.

나는 원하는 대학에 가지 못해 재수를 하게 되었다. 그때 집에서 멀리 떨어진 입시 학원에서 기숙사 생활을 했는데, 대학생이 된 친구는 힘내라며 일주일에 한 번씩 과자 상자와 위로 편지를 보내 줬다. 떨어져 있어도 모든 걸 함께 했다. 그렇게 우리의 우정은 영원할 줄 알았다.

대학에 입학한 후 4학년 선배와 친해졌다. 처음에는 장난스러운 마음에 편하게 인사하고 지냈는데, 우연히 만나는 일이 잦아지면서 좋아하는 마음이 생겼다. 약간 느리고, 어눌하고, 순진한 시골 총각 같은 선배가 참 좋았다.

"나 좋아하는 사람이 생긴 것 같아…."

친구에게 제일 먼저 말했다. 친구는 함께 설레하며 어떤 사람인지 궁금해했다. 학교에 놀러 온 친구에게

도서관에서 공부하고 있는 선배를 몰래 보여 줬다.

"촌스러운 시골 아저씨 같아."
"난 그래서 좋은걸!"

그 후 선배와 친해졌고 친구에게도 소개했다. 우리는
금방 친해져 자주 술을 마시며 함께 어울렸다.

8월 여름 방학 때 동아리 사람들과 건축 사진을 찍으
러 서울로 여행을 갔다. 늦은 밤, 숙소에서 갑자기 친구
의 목소리가 듣고 싶어 전화했다. 통화가 안 됐다. 선배
에게 전화했다. 역시 받지 않았다. 뭔가 이상한 느낌이
들어 친구의 음성 메시지를 들었다. 모든 걸 공유했던
우리는 비밀번호도 똑같았다. 친구 삐삐의 음성 메시지
에는 온통 선배의 목소리가 녹음되어 있었다. 그들은
이미 자주 만나고 있었고, 꽤 가까운 관계가 되어 있었
다. 내가 가장 사랑하는 친구와 내가 좋아하는 남자가
계속 만나고 있었던 것이다.

그 순간 온 우주가 멈춘 듯했다.

여행 내내 뭘 어떻게 해야 할지 몰랐다. 계속 눈물만 흘렸다. 이동하는 지하철에서 너무 많이 울어서 눈을 뜰 수 없을 정도였다. 같이 갔던 선배와 동기들이 걱정했지만 어떤 말도 할 수 없었다.

'아닐 거야. 그냥 내가 바쁘니까 나한테 연락 못 한 걸 거야…'

애써 부정하며 여행 내내 마음을 다잡아 보았지만, 그럴수록 점점 더 불안해졌다.

여행에서 돌아오자마자 친구를 만났다. 처음에 친구는 아무 말도 하지 못했다. 한참을 고개 숙이고 있던 친구가 말했다.

"미안해. 어쩌다 보니 그렇게 됐어. 근데 서로 많이 좋아해. 네가 이해해 줘."

더는 아무 말도 할 수 없었다. 그날 이후, 두 달 동안 매일 대낮부터 술을 마셨다. 만나는 사람마다 붙잡고 하소연했다. 하지만 나만 괴롭고 힘들었다. 동아리에서 바다로 여행을 갔다. 밤바다를 보며 혼자 앉아 있는데 멀리서 노랫소리가 들려왔다.

김건모의 '잘못된 만남'.

얼마 전까지만 해도 정말 좋아하며 따라 부르던 노래였는데, 그날은 가사 하나하나가 가시처럼 가슴에 박혔다. 한창 유행하던 그 노래는 여러 번 반복해서 흘러나왔다. 바닷가에 앉아 노래를 듣고 있으니 딱 내 상황 같았다. 신나는 리듬이었지만 혼자 울고 또 울었다.

만난 지 2년 뒤, 친구와 선배는 결혼한다고 했다. 나는 그들의 결혼식 피로연 자리에서도 술에 취해 몰래 화장실에 가서 소리죽여 울기만 했다.

10년 후 가까운 지인이 어느 호텔에서 치유 콘서트를

주최해 참석하게 되었다. 그날 우연히 그 선배를 만났
다. 결혼식 이후 처음 마주친 상황이라 놀라기도 했고
얼떨떨했다. 어색한 눈인사를 나누고 강의장에 앉았다.
선배가 신경 쓰여 강의에 집중할 수 없었다. 그런데 갑
자기 강사가 이렇게 말했다.

"여러분, 여러분이 과거에 겪었거나 혹은 지금 겪고
있는 그 일들은 여러분의 잘못이 아니에요. 당신의 잘
못이 아닙니다."

순간 나는 머리를 한 대 '꽝'하고 얻어맞은 기분이었
다. 갑자기 눈물이 툭 터졌다. 울음을 주체할 수 없어
강의장에서 뛰쳐나와 화장실로 달려갔다. '엉엉' 목놓
아 울었다.

그렇게 그날, 호텔 화장실에 가슴속에 남아 있던 두
사람을 버리고 왔다.

또 쪘네? 살 좀 빼지

"살 빼면 정말 이쁘겠다."
"키도 크고 이쁜데 살 빼서 미스코리아 나가라."
"물에 불은 김혜수."
"살 좀 빼라. 살 빼면 나랑 사귀자."
"살만 빼면 이쁜데 왜 안 빼냐?"
"또 다이어트? 맨날 다이어트냐? 도대체 언제 끝나냐?"

아주 어릴 때부터 항상 따라다니는 꼬리표 같은 말들
이다. 한 사람 한 마디 말도 백 사람의 백 마디 잔소리
일 뿐, 그들의 모든 말은 나에게 상처이자 폭력이었다.
차라리 '못생겼으면' 하고 생각할 때가 많았다. 외모에
대한 모든 말이 정말 듣기 싫었다. 사람들은 남의 외모
를 두고 참 쉽게 말했다.

다이어트 압박은 대학생이 되면서 더 심해졌다. 주변

에 간섭하는 사람이 더 많아졌다. 특히 남자 선배들의 말은 외모에 더 신경 쓰게 만들었다. 무심히 툭 던지는 말은 다이어트를 강요하는 무언의 압박이었다. 그러다 보니 굶었다가 먹기를 반복하면서 폭식 습관만 더 심해졌다.

지금이라면 '내가 원하지 않는데 왜 살을 빼야 하지?'라며 무시할 텐데 그땐 자존감이 낮아서 남의 말과 시선에 자주 흔들렸다. 이쁜 20대, 꽃 같은 나이에 외모 때문에 참 많이 시달렸다.

대학교 2학년 뉴질랜드로 어학연수를 갔을 때 처음으로 외모 걱정을 하지 않았다. 그곳 사람들 대부분 체형이 컸고, 그들에 비하면 나는 중간 사이즈였다. 그 나라 사람들은 외모나 체형을 크게 신경 쓰지 않았다. 누구도 다른 사람에게 '살 빼라, 먹지 마라'라는 말을 함부로 내뱉지 않았다. 신기하게도 외모에 신경 쓰지 않고 규칙적으로 생활하고 마음이 편해지니 다이어트를 하지 않았는데도 오히려 살이 10kg나 빠졌다. 어디 가서 뭘 먹든 마음 편히 실컷 먹었다. 남의 시선 따위 신경 쓰지 않고 생활하니 너무 자유롭고 편안했다. 하지만 거기까지였다.

한국에 돌아오자 변하지 않은 시선과 스트레스로 금방 살이 쪘고 몸무게도 제자리로 돌아왔다. 또다시 먹고 굶기를 반복했다. 매번 다이어트에 실패했고, 주위 사람들은 여전히 뭐가 어렵냐며 타박하고 구박했다.

서울에서 사회생활을 시작하면서 스트레스를 먹는 것으로 푸는 습관이 생겼다. 업무를 마치고 지친 몸으로 집에 돌아오는 길, 저녁 식사는 항상 맥주 3병과 스팸 한 통이었다. 꾸준히 매일 먹으니 한 달 만에 10kg이 쪘다. 살이 점점 더 찌고 몸도 무거워져서 운동은 꿈도 못 꿨다. 명절이 되면 고향에 내려가기가 무서웠다. 엄마의 잔소리, 친구들과 선배들의 놀림이 싫었기 때문이다. 전보다 살이 조금이라도 붙었다 싶으면 어떤 핑계를 대서라도 고향에 가지 않았다.

예전의 내 삶은 모두 살이 쪘냐 빠졌냐에 달려 있었다. 살이 찌면 사람 만나는 걸 꺼렸고, 다이어트할 때는 먹지 못하니 아무도 만나지 않았다. 찌고 빠지고, 굶고 폭식하고, 운동하다 포기하기를 반복한 시간만 20년이었다.

자연 치유를 배우고 나에 대해 몰랐던 것을 알게 되었다. 그때부터 조금씩 변화가 시작됐다.

먼저 남의 말, 남의 시선을 신경 쓰지 않는 연습부터 했다. 누군가 나의 외모에 대해 말하면 아무 말도 하지 않고 가만히 그 사람을 쳐다봤다. 그리고 나에 대해 심하게 간섭하는 사람은 멀리했다.

다음에는 편하게 먹는 연습을 했다. 너무 먹고 싶을 땐 '먹으면 안 돼'라는 생각을 지우고 맛있게 먹었다. 식욕이 충족될수록 먹는 것에 점점 집착하지 않게 되었다. 웬만하면 마음을 불편하게 하는 사람과는 함께 식사하지 않았다. 먹을 때는 최대한 편안한 환경을 만들었다. 점점 급하게 몰래 먹어 치우던 습관이 고쳐졌다. 먹는 것에 대한 마음이 달라질수록 주변 사람들로부터 "살 빼라"라는 소리가 들리지 않기 시작했다.

최근 엄마는 몸무게를 건강하게 30㎏ 넘게 줄이셨다. 몸무게가 줄자 너무나 행복해하셨다. 살을 빼고 자신감이 생기자 나에게 '살 빼라'라는 잔소리와 '먹지마'라는 압박을 더는 하지 않으셨다. 결국 엄마의 잔소리는 나에게 하는 게 아니라 당신 자신에게 하는 말이었다.

외모는 지금도 크게 변한 게 없다.
달라진 게 있다면 나 자신이다.
일단 마음껏 먹는다.
살찔까 봐 걱정도 한다.
먹는 걸 줄이고 운동해야 한다는 생각도 한다.

35 대 1 싸움, 결국 누가 이겼나?

대학교 3학년 때의 일이다.

저녁 늦게까지 학교에서 과제를 하고 있었다. 설계실 짝꿍 선배에게서 연락이 왔다.

"다들 술집에 모여 있으니 빨리 내려와. 할 중요한 얘기가 있어."

'무슨 일이지?'

하던 작업을 멈추고 술집으로 향했다.

자주 가던 술집, 중앙 큰 테이블에 선배와 후배 열대여섯 명이 조용히 앉아 있었다. 테이블 중앙에 한 자리가 비어 있었다. 조용한 분위기가 어색했다.

내가 자리에 앉자마자 갑자기 어떤 선배가 훈계를 시작했다.

"너는 선배들한테 시건방져."

"너는 왜 그렇게 네 멋대로냐? 건방진 년."

"행동 똑바로 해. 넌 싸가지 없는 년이야."

훈계를 핑계 삼아 그들은 나를 향해 욕설과 비난을 마구 쏟아냈다. 즐거운 마음으로 술집에 갔던 터라 갑작스러운 그들의 말과 행동에 당황스러웠다. 이야기를 듣고 있자니 화가 나고 억울해 울고 싶었지만 어금니를 꽉 물었다. 나는 그 자리에서 아무 말도 할 수 없었다. 마치 마녀재판 같았다.

다음 날부터 그 자리에 없었던 다른 선배들을 붙잡고 겪었던 일을 말하며 억울함을 호소했다. 하지만 내가 왜 그런 말을 들어야 했는지 누구도 말해 주지 않았다. 그때부터 동기들과 선배들이 나를 피했다. 무엇보다도 그 일을 주도한 사람이 가장 친했던 짝꿍이자 과 대표인 선배였다는 걸 알았을 때는 배신감마저 들었다. 믿었던 사람에게 받은 상처로 또다시 사람이 싫어지기 시작했다. 학교가 점점 싫어졌다.

알 수 없는 이유로 마녀사냥을 당한 후, 점점 오기가 생겼다. 그래서 그들을 똑같이 무시하기로 마음먹었다. 더는 학년 모임이나 학교 활동에 참여하지 않았다. 축제 기간에도 다른 학년 선배들과 시간을 보냈다. 학교에서 살다시피 했던 생활에서 벗어나 수업이 끝나면 학교 밖으로 나갔다. 1년 6개월, 그렇게 혼자 생활하다가 졸업했다.

그러니까 35명은 나를, 나는 35명을 서로 따돌렸다.

졸업 후 서울에서 사회생활을 시작하면서 그 일도 점점 잊혔다. 몇 년이 지나 동문회 술자리에서 그날의 35명 중 한 명을 우연히 만났다. 그 선배는 나를 부르더니 언제 한번 따로 보자고 했다. 며칠 후 다시 만났다. 그 선배는 나를 보자마자 말했다. 마녀재판 이후 7년 만이었다.

"정말 미안하다. 그때 정말 미안했다. 그때 1학년 후배들이 3학년 선배들한테 기어오르고 기강이 안 잡혀서 기강 잡는다고 그랬어. 후배들이 너는 무서워하더라고. 널 잡으면 다른 애들이 꼼짝 못 할 거라고 생각했던 거지."

납득하기 어려운, 생각지도 못했던 이야기였다. 정말 말도 안 되는 이유였다.

'도대체 나는 뭐란 말인가? 내가 만만했나?'

졸업 후 14년이 흐른 어느 날, 마녀재판을 주동했던 학생회장 선배에게서 전화가 왔다.

"잘 지내냐?"
"아. 네."
"부산 언제 오냐? 한번 보자."
"글쎄요. 아직은 계획이 없고 자주 가지 않아서요."

"그래, 이 번호 내 번호니까 저장해 놓고 부산 내려오면 연락해. 술 한잔 꼭 하자."

"아, 네. 알겠습니다."

갑자기 전화해 아무렇지 않게 말을 건네는 그 선배가 낯설고 불편했다. 형식적인 대답만 하고는 급하게 전화를 끊었다. 그 뒤 두어 번 더 연락이 왔다. 굳이 만나고 싶지 않았고, 딱히 만날 이유도 없었다. 그러다 얼마 뒤 친한 후배한테 급한 연락이 왔다.

"선배, 오늘 그 선배 사고로 죽었대요."

"뭐? 뭐라고?"

연락을 받은 다음 날, 거제도 장례식장을 찾았다.

14년 만에 35명 중 몇 명을 만났다. 다들 허망한 듯 술잔만 비우고 있었다. 나는 선배들에게 눈인사하고 빈자리에 앉았다.

"그 자식 어려서부터 아버지 없이 어렵고 힘들게 살다가 이제 돈도 잘 벌고 결혼도 하고 아이도 낳아 집도 장만하고 좀 살만해졌는데. 나 참."

"참 허무하다. 살만한데 이렇게 갑자기 가냐."

마음이 무거웠다.

그가 나에게 한 행동은 미웠지만 그에 대한 미움도 증오도 더는 부질없었다. 장례식장에 앉아 있는 내내 속으로 말했다.

'선배 잘 가요, 좋은 곳으로. 나도 마음 풀 테니 이젠 선배도 마음 풀고 편안한 마음으로 가볍게 가세요. 미안했어요, 정말 미안해요.'

35 대 1의 싸움은
승자 없이 그렇게 끝났다.

사회생활이 다 그래, 그냥 참아

"여기 김 사장 있어?"

건장한 남자 다섯 명이 사무실 문을 열고 들이닥쳤다.

"아니요. 일찍 나가셨는데요? 무슨 일 때문인가요?"
"이 새끼 또 처먹고 쌩 까네. 벌써 도망갔어."

부동산개발회사에서 일할 때였다. 회사 규모가 작고 사장님이 약간 독특한 분이긴 했지만 돈 버는 방법을 배우기 위해 주어진 업무를 열심히 했다. 두어 달 후 혼자 사무실에서 야근할 때였다.

그들은 아주 익숙한 것처럼 욕을 하면서 사장님 방으로 들어갔다. 급하게 사장님과 이사님에게 전화를 걸었지만 아무도 받지 않았다. 뭘 어떻게 할 수 없었다.

그날 이후 회사 분위기는 더 이상해졌고, 불편한 마음에 더는 일을 할 수 없었다. 사장님에게 사표를 제출하고자 면담을 요청했다. 사장님은 그만두겠다는 내 말을 듣고는 다짜고짜 소파에 앉아 있는 나를 향해 잡히는 대로 물건을 집어 던지며 욕설을 퍼부었다. 전혀 예상하지 못한 일을 겪은 후 정신없이 도망치듯 사무실을 빠져나왔다. 망치로 머리를 두들겨 맞은 사람처럼 길을 걷다가 아빠한테 전화를 걸었다.

"아빠, 나 방금 사장님한테 폭행당할 뻔했어요. 회사 그만둔다고 하니 물건을 집어 던지고, 욕하고…. 무서워서 사무실에서 뛰쳐나왔어요."

쿵쾅거리는 마음을 억지로 달래며 아빠에게 하소연했다. 하지만 돌아오는 아빠의 답은 냉정하고 단호했다.
"사회생활이 다 그래. 그냥 참아."

하늘이 무너지는 기분이었다.

'아빠는 내 편일 줄 알았는데…'

전화를 끊자마자 길거리 한복판에 주저앉았다. 갑자기 가슴속에서 불같은 것이 솟구쳐 올랐다. 나는 마구 소리를 지르며 울었다.

'이 세상에 나를 보호해 줄 사람은 아무도 없구나.'

혼자 나락으로 떨어지는 느낌이었다. 한참을 울다 지쳐 어떻게 집에 왔는지 모르겠지만 돌아오자마자 죽은 듯이 쓰러져 잤다. 며칠을 앓아누웠다.

그 일을 겪은 후부터 힘든 일이 생길 때면 아무렇지 않은 척 혼자 조용히 해결했다. 혼자 해결할 수 없는 일은 바로 포기했다. 누구에게도 도움을 요청하지 않았다. 크고 위험한 일을 겪을 때도 속으로 긴장하며 떨더라도 겉으로는 강한 사람처럼 행동했다. 그런 나를 보고 사람들은 대범하고 멋진 여자라며 존경심을 표했다.

혼자 해결할 일이 많아지면서 어떤 일에 부딪혀 힘들어하는 사람들의 심정을 잘 이해하게 되었다. 그런 경험이 많아질수록 주변에서 힘든 일 겪는 사람들을 보면 그냥 지나치지 못하고 도와주려고 애썼다.

'어쩌면 저 사람도 나처럼 도와줄 사람이 아무도 없을 거야. 내가 도와줘야 해.'

힘든 사람을 보면 마치 내 일인 듯 해결사 역할을 자청했다. 그러면 그럴수록 점점 강해져야 했고 뭐든 잘하는 사람인 척해야 했다. 강한 척하기 위해 말도 행동도 자신 있게 해야 했다.

누구도 나를 보호해 주지 않을 거라는 생각이 커질수록 보호해야 할 누군가를 찾았다. 점점 쓸데없는 간섭이 많아졌고, 가까이 있던 주변 사람들이 날 부담스러워했다. 한편, 나에게 필요 없는 일은 더 늘었다. 학교 동문, 친구, 모임 사람, 회사 사람까지 무슨 일만 생기면 나에게 연락했고 뭐든 부탁했다.

술 취해 가방을 다 잃어버리고 새벽에 우리 집까지 택시비를 빌리러 온 친구도 있었다. 술 취해 연락하는 후배들을 데리러 나가야 했고, 학교 선배들은 동문회 연락처를 늘 나에게 물었다. 늦은 시간까지 술자리가 이어지면 나는 대리 기사가 되었다. 회사 사람들이 사고 치고 수습이 안 되면 뒤처리는 언제나 내 몫이었다. 사장님은 급한 일이 있으면 밤늦은 시간에도 항상 나를 먼저 호출했다. 그래도 나는 묵묵히 그들을 도왔다.

솔직히 그렇게 하면 언젠가 내가 힘들 때 그들도 나처럼 달려와 주리라고 생각했다. 그러나 몇 년의 시간이 흐르면서 모든 건 나의 착각이었음을 알게 되었다. 정작 내가 힘들고 외롭고 어려울 때 도움을 요청할 수 있는 사람은 내 옆에 없었다.

아빠에게 전화하며 하소연하던 날에도,
해결사처럼 여기저기 뛰어다니던 날에도,
나는 늘 혼자였다.

독한 년이 행복할까?

부동산 회사를 여러 곳 옮겨 다녔다. 하지만 월급쟁이로는 돈을 버는 데 한계가 있었다. 그래서 마음을 바꿨다. 회사를 위해 충성하기보다 나를 위해 활용해야겠다는 생각으로 직접 현장에 뛰어들었다.

전 재산 500만 원으로 '부동산 경매'를 시작했다. 투자하는 방법을 모르고 가진 돈도 적었던 터라 투자금을 잃지 않기 위해서는 발품을 열심히 팔아야 했다. 낮에는 아르바이트하고, 밤에는 투자 공부를 했다. 밤늦게까지 투자하는 모임에서 수업 듣고, 새벽까지 술자리를 지키며 고수들의 노하우를 배웠다. 그렇게 배운 것을 바탕으로 도전을 시작했다. 적게 투자해 돈을 벌고, 추가 대출을 받아 다시 재투자했다. 조금씩 돈이 모이면서 자신감이 생겼다. 조금이라도 더 돈을 벌기 위해 집중하고 몰입했다. 밤을 새워 투자 분석을 하고 고속 버스, 마을버스를 타고 다니며 조그만 땅을 샀다. 지방에 있는 집도 소액 투자로 사서 하나둘 재산을 모았다.

돈을 벌 수 있다면 힘든 일, 어려운 일도 뭐든 마다하지 않고 닥치는 대로 했다. 어떤 현장이든 법원도 내 집처럼 드나들었고, 무서운 상대를 만나도 굴하지 않고 협상했다.

뭐든 할 수 있다는 마음이었다.
누구와도 싸울 수 있었다.
어떤 상황에서도 지고 싶지 않았다.
오로지 나의 승리를 위해, 돈을 벌기 위해 모든 에너지를 쏟아부었다.
인간미도 없고 자비심도 없었지만 별로 문제 될 것 없어 보였다.
오로지 돈을 위해 살았다.

경매로 낙찰받은 집에 사는 임차인을 내보낼 때는 원칙을 말했다. 원칙을 지키지 않는 사람은 법에 따라 집행했다. 피도 눈물도 없는 사람처럼.

한 번은 공유 지분으로 낙찰받은 땅의 다른 소유자를 상대로 분할 소송을 할 때였다.

소송의 내용은 '더는 이 땅을 소유할 수 없으니 경매로 팔아서 돈으로 나눠 주든지 아니면 이 땅을 사 달라'였다. 소송이 진행되고 첫 기일 날 재판장에서 일흔 살쯤으로 보이는 상대 소유자를 처음 만났다. 판사 앞에서 사건 내용을 확인하고 나왔다. 문밖에서 그와 마주쳤지만 못 본 척 지나쳤다. 갑자기 그 사람이 내 뒤통수를 향해 들으라는 듯 큰 소리로 말했다.

"야, 이년아. 그렇게 돈 벌어 처먹으면 좋냐? 독한 년."
'왜 내가 이런 욕까지 들어야 하지? 뭘 잘못했지?'

마음 같아서는 뒤돌아 달려가 같이 욕하며 싸우고

싫었지만 나이 많은 분이니 참았다. 억울하고 화가 났다.

그때부터 머릿속에서 이 말이 떠나지 않았다.

'독한 년.'
'내가 독한 년인가?'
'나는 돈 벌기 위해서 최선을 다해 열심히 사는 건데, 왜 그런 말을 들어야 하지?'

물론 그렇게 말할 수도 있다. 하지만 뭔지 모르게 억울했다.

그때의 내 모습을 떠올려 보면 '쌈닭' 같았다. 누구라도 건드리기만 하면 순식간에 폭발하는 시한폭탄 같았다. '아무나 걸려라'하는 마음으로 살아가는 사람 같았다. 내 일이 아닌 곳에 가서 몸싸움에도 끼고, 마치 여전사라도 된 듯 아무하고나 싸웠다. 세상에 무서운 것 없는 사람 같았다.

그렇게 점점 '독한 년, 싸가지 없는 년'이 되어 갔다.

처음부터 '독한 년'이 되고 싶었던 것은 아니다. 행복해지고 싶었다. 그러려면 돈이 필요해 열심히 했을 뿐이다.

20대 때는 남자를 만나 진정한 사랑을 하면 행복해질 줄 알았다. 그래서 만나는 남자마다 정말 최선을 다해 사랑하려고 했다. 상대가 좋아하는 사람이 되려고 노력했고, 아름다운 사랑을 꿈꾸며 이쁜 사랑을 하려고 했다. 하지만 노력할수록 점점 지쳐 갔고, 상대는 더 많은 걸 요구했다. 사랑하기가 행복하기보다 버거웠다. 더는 남자가 나를 행복하게 해 줄 수 없다고 믿게 되었다.

그런 후에는 성공해 돈을 많이 벌고 명예가 생기면 행복해질 줄 알았다. 회사도 다니고 투자도 열심히 했다. 악착같이 돈을 벌었다. 주변 사람들에게 욕심 많다는 소리도 듣고 질투도 받았지만 크게 신경 쓰지 않았다. 오직 돈과 명예를 위해 살 뿐이었다. 회사에서는 윗사람에게 잘 보이기 위해 최선을 다했다. 그저 사람은 도구에 불과하다고 생각했다. 친절함은 비즈니스에 불과했다. 회사에서 인정받아 빠르게 승진했고, 안팎으로 능력 좋다는 말도 많이 들었다. 꽤 좋은 조건의 선 자리도 들어왔지만 눈에 들지 않았다. 결혼, 남자, 사랑 모두 시시했다.

'독한 년, 너 행복하니?'

나 자신에게 계속 물었다. 순간순간 난 '행복'을 위해 사는 것이 아니라는 걸 조금씩 깨달았는지도 모른다. 점점 시간이 흐를수록 돈도 명예도 무의미해져 갔다. 돈 벌려고 버둥거릴수록 행복은 조금씩 멀어지고 있었다. 남은 건 오직 '독한 년'뿐이었다.

목표가 사라지고 다시 방황이 시작됐다.

'이젠 뭘 위해 살지? 그만 살아야 하나?'

PART 2

치유 여행을 떠나다

명상 그리고 터진 울음

투자 모임에서 만난 지인을 따라 요가원에서 하는 명상 모임에 함께 간 적이 있다.

그날은 요가원에서 처음 열리는 명상 모임이었다. 모임에는 모두 열두 명이 초대되었고, 초대받지 않았던 나는 마침 한 분이 참석하지 않아 남은 자리에 대신 앉을 수 있었다. 처음 간 자리, 처음 만난 사람들, 처음 해보는 명상, 모든 것이 어색했다. 참석자들이 큰 원으로 둘러앉았고, 한 사람씩 돌아가며 자기소개를 하기 시작했다.

무슨 말을 해야 하나 고민하고 있는데 그대로 내 차례가 되었다.

"안녕하세요. 저는 잠실에서 온…."

순간 갑자기 울음이 터져 나왔다. 너무 황당했다. '저는 어디서 온 누구입니다. 저는 무엇을 하는 사람이고 오늘 어쩌다 이렇게 참석했습니다'라고 말할 생각이었는데, 인사말을 꺼내자마자 울음이 터져 나왔다. 더는 어떤 말도 할 수 없었다. 아무리 참으려 해도 눈물이 멈추질 않았다. 너무 부끄러웠지만 어찌할 수가 없었다. 진행하시는 요가원 원장님도 당황하셨고 참석한 사람들도 나를 안타깝게 바라볼 뿐이었다.

조용한 음악이 흐르고 두 눈을 감았다. 명상을 안내하는 원장님의 말소리가 들려왔다. 주변은 점점 조용해졌다. 음악 소리에 묻혔지만 내 울음은 잦아들기는커녕 더 크게 터져 나왔다. 한참 명상한 뒤 편안하게 누웠다. 그때까지도 나는 계속해서 어린아이가 울 듯 엉엉 울었다. 시간이 지나 어느새 깊은 잠에 빠져들었다. 시간이 얼마나 흘렀을까?
모든 과정이 끝나고 참석한 모든 사람이 둘러앉았다. 한 사람 한 사람 명상이 어땠는지 말하는 시간이었다.

마지막으로 내 차례가 되자 잠시 멈췄던 울음이 또다시 터져 나왔다. 나는 그날 아무 말도 하지 못하고 2시간 내내 울기만 하다가 집으로 돌아왔다. 그날 이후 일주일에 한 번씩 하는 명상 모임에 열심히 참석했다. 매주 참석해 명상하면서 계속 울었다. 한바탕 울고 나면 가슴이 후련해지고 가벼워지는 것이 느껴졌다.

명상 모임에 3개월 동안 빠지지 않고 참석했다. 하지만 요가원을 소개해 준 지인과 오해가 생겨 더는 나갈 수 없게 되었다. 매주 열심히 나오던 내가 보이지 않자 원장님이 직접 연락하셨다.

"왜 요즘 안 오세요?"
"일이 생겨서 이제 못 갈 것 같아요. 많이 아쉬워요. 죄송합니다."
"그럼 시간 나실 때 요가원에 꼭 한번 오세요."

원장님의 연락을 받고 한걸음에 요가원을 찾았다. 원

장님은 사정을 들으시더니 한 장의 포스터를 보여 주셨다.

'라하샤 누라 Yellow Course'

"이게 뭔가요?"

"명상가인 라하샤와 누라 티처가 4박 5일간 진행하는 컬러 명상 수업이에요. 한번 참가해 보세요. 지금 선생님한테 필요해 보여서요."

포스터를 보고 온 뒤 잠을 잘 수 없었다. 결국 회사에 휴가를 내고 명상 수업에 참가했다.

'요가원에서 경험했던 명상과 다른 뭔가가 있을까?'

많은 기대를 품고 남양주 봉인사로 향했다. 산속 깊은 곳 작은 절에서 산책하고 있는 라하샤와 누라를 만났다. 그들은 전 세계를 다니며 사람들에게 명상을 가르치고 힐링 프로그램을 진행하는 분들이라고 했다. 라하샤는 독일 의사 출신 명상가였고, 누라는 컬러 명상을 가르치는 호주인 힐러였다.

첫날 수업을 하고 저녁밥을 먹은 뒤 열두 시간 넘게 푹 잤다. 묵언을 권했는데 저절로 묵언이 되었다. 편안하고 고요한 하루였다. 이튿날 수업 중 라하샤가 질문하고 싶은 것이 있는지 물었다. 갑자기 나도 모르게 손을 번쩍 들고는 마이크를 잡고 말했다.

"나는 더는 착한 딸이 되기 싫어요."
"나는 착한 사람이 아니에요."

내 입에서 나온 말은 나 자신도 생각지 못한 말이었다.

그 말 한마디에 여러 가지 감정이 복받쳐 올라왔다. 지난 32년간 꾹꾹 누르고 참아왔던 모든 아픔이 파도처럼 밀려왔다. 착한 딸, 말 잘 듣는 딸로 살기에 지쳐있었다. 좋은 사람이 되려고 참고 또 참는 것도 피곤했다. 사람도 만나기 싫고 아무것도 하기 싫었다. 부모도 싫었다. 죽을 수 있으면 좋겠다고 생각했다. 좋은 사람, 착한 사람이 되기 위해 애쓰며 살던 나는 그때 이미 만신창이었다. 라하샤와 누라는 말없이 한참 나를 지그시 바라봤다.

라하샤가 말했다.

"You don't have to be a good daughter anymore."
(더는 착한 딸이 되지 않아도 괜찮아요)

그 말이 끝나기가 무섭게 갑자기 주체할 수 없는 울음이 터져 나왔다. 그 자리에 서서 '엉엉' 소리 내어 울었다. 조용한 교실이 나의 울음소리로 가득 찼다. 한참을 울고 있는데 라하샤가 앞으로 나오라고 손짓해 불렀다. 그러곤 나를 자기 앞에 앉혔다.

수업에 참석한 50명이 모두 울고 있었다.

모든 걸 다 버리고 간 인도

명상을 시작하고 내면에 조금씩 변화가 일어났다. 열심히 일해서 얻었던 것들이 부질없이 느껴지기 시작했다. 고액 연봉 팀장, 부동산 투자가, 임대 사업자, 방송인 등 자랑스러웠던 타이틀이 점점 부담스러워졌다. 마음의 변화는 수천억을 가진 사장님의 불운한 가정사와 암 투병 소식을 듣고부터 더욱 심해졌다. 돈이 많아도, 명예가 있어도, 사회적으로 큰 성공을 이루어도 그녀는 그리 행복해 보이지 않았다.

'돈, 명예, 성공이 삶을 완벽하게 채워 주지 못한다면 이제 나는 뭘 해야 하지?'

시간이 갈수록 일이 손에 잡히지 않았다. 성과를 위해 일부러 어렵고 힘든 프로젝트만 맡았던 나였지만 업무에서 점점 뒤로 빠지기 시작했다. 뭔가 다른 걸 붙잡아야 한다는 생각만 점점 더 강해졌다. 내면 탐구가 절실해졌고 왜 살아야 하는지 이유를 찾아야 했다. 명상 모임을 더 늘려갔다. 그러다가 인도에 다녀온 사람들의 경험담을 들으면서 인도에 대한 갈망이 생겼다.

'그곳에 가면 뭔가 다른 것을 찾을 수 있을까?'

7월 여름휴가 일주일 동안 인도에 다녀올 기회가 생겨 인도 첸나이의 아쉬람(명상센터)을 찾았다. 아주 잠깐이었지만 더없이 좋았다. 처음엔 덥고 복잡하고 지저분하다고 느꼈지만, 그곳에서 생활할수록 뭔지 모르게 마음이 점점 편안해졌다. 짧은 인도 여행은 마음에 더 큰 아쉬움을 남겼다. 여행을 다녀온 후 일에 집중하는 것이 힘들었다. 마치 몹시 갈증 날 때 딱 한 모금의 물을 마신 느낌이었다. 부족했다. 그래서 인도에 다시 가기로 했다.

'그래 원하는 만큼 있다가 지겨워지면 그때 돌아오자.'
먼저 고향에 계신 부모님을 찾아가 말씀드렸다.

"저 몇 달간 인도에 갔다 올게요."
"왜? 회사는 어쩌고?"
"그만두려고요."
"너 돈 좀 번다고 니 맘대로구나."

아빠는 마음에 안 든다는 듯 한마디 하시고 자리를 뜨셨다. 어떤 말을 해도 안 된다고 느끼셨는지 더는 말씀하지 않으셨다.

단단히 마음먹고 하던 일을 하나씩 정리하기 시작했다. 마침 회사에서 맡고 있던 중요한 프로젝트도 끝나가는 중이었다. 바로 아래 과장에게 내 일을 인수인계하기 시작했다. 새로 시작하는 일은 다른 팀에 넘겼다. 평소와 다른 행동에 부장님과 이사님들의 호출이 잦아졌지만, 내 마음은 달라지지 않았다. 이러한 변화에도 사장님은 모르는 척 아무 말씀도 하지 않으셨다.

'무슨 일이 있어도 이번에 인도 꼭 간다. 그리고 뭔가를 찾아야 해.'

출국 한 달 전, 사장님에게 면담을 요청했다.

"그래, 말해 봐."

사장님은 기다렸다는 듯이 빙그레 웃으며 말씀하셨다. 항상 서로를 응원해 주는 든든한 사이였기에 오히려 쉽게 말씀드리기 어려웠다.

"사장님."
"응?"
"저…."
"뭐야, 빨리 말해."
"저 인도 가야겠어요."

"가. 내가 너 그럴 줄 알았어. 갔다 와. 뭐든 너 하고 싶은 거 실컷 다 하고 와. 기다릴게."

나를 믿어 주는 사장님의 말씀에 울컥했다.

"저 가면 여기 다시 못 돌아올 거 같아요."

"쓸데없는 소리 하지 말고 갔다 와. 빨리 나가서 일이나 해."

눈물 날 것 같아서 더는 아무 말 못 하고 사무실을 나왔다.

공항으로 가는 버스 안에서 사장님과 이사님들에게 이별 선물을 보냈다. 내 사표는 그때까지도 수리되지 않았지만 나는 꼭 가야만 했다.

그렇게 인도행 비행기에 몸을 실었다.

명상이 고요하다고? 정말?

　인도는 신세계였다. 과거와 현재가 공존하는, 시골과 도시가 공존하는 진정 자유로운 곳이었다. 낯설지만 뭔가 편안했다. 남의 시선을 신경 쓰지 않고 사는 인도 사람들을 봐서 그런지 나도 점점 무장 해제가 되듯 편안해졌다.

　아쉬람(명상센터)은 웅장했다. 하얀색 대리석의 3층 건물이 빛을 받을 때면 마치 천국에 온 것 같았다. 모든 곳이 조용하고, 편안하고, 자유로웠다. 곳곳에 흙으로 다른 건물을 짓고 있었고, 아주 오래된 보리수나무와 망고나무가 있었다. 원숭이들은 시도 때도 없이 먹을 걸 뺏기 위해 담 위에서 지켜보고 있었다. 지나다니는 개는 사람을 의식하지 않았다. 마치 명상을 하듯 평온해 보였다. 날아다니는 새도 구름도 조용했다.

아쉬람에서의 하루 스케줄은 빡빡한 편이었다. 전 세계에서 모인 400여 명과 함께 여러 가지 프로그램을 하다 보니 일과가 바쁘게 지나갔다. 아침 6시부터 자정까지 지혜에 대한 가르침을 받고, 요가와 명상을 했다. 오직 밥 먹는 시간에만 잠시 쉴 수 있었다. 나는 앞자리에 앉아 열심히 공부하는 학생이 아니었다. 항상 맨 뒷자리에 앉아 수업을 듣다가 졸기도 했다. 요가를 하는 시간에는 잔디밭에 나와 동작을 하다가 누워 쉬기도 하고, 그대로 잠들 때도 있었다. 정말 자유로움 그 자체였다. 나는 점점 이완되어 갔다.

하루는 요가를 끝내고 명상을 시작하는데 도무지 집중되지 않았다. 제대로 하고 싶어 마음먹고 앉았는데 아무리 집중하려고 해도 생각이 꼬리에 꼬리를 물고 일어났다.

'한국에서 명상할 때는 집중이 잘됐는데 여기서 왜 더 안 되지?'

계속 눕고 싶고, 자고 싶고, 쉬고 싶고, 놀고 싶은 생각만 들었다. 두 시간 내내 딴생각만 했다. 수업이 끝나고 닷사지(선생님)에게 조용히 다가가 질문했다.

"선생님. 한국에서는 안 그랬는데 여기서 명상할 때면 자꾸 딴생각이 나고 누워서 쉬고 싶다는 생각만 들어요. 왜 그럴까요? 평상시 수업 시간에도 계속 누워있거나 조는 시간이 많고요. 어떻게 해야 할까요?"

닷사지는 조용히 나를 바라보더니 빙그레 웃으며 말했다.

"당신은 한국에서 편하게 쉬지 못했나 봐요. 그럴 땐그렇게 하세요. 대신 수업 시간에 이 공간 밖으로 나가지만 말아요."

편안한 그녀의 얘기를 듣고 당황했다. 정신 차리라고, 집중해서 명상하고 수업도 열심히 하라고 엄하게 꾸짖을 줄 알았는데 생각지도 못한 답이었다. 거짓말처럼 그날 이후 나는 더 편안하게 수업에 참여할 수 있었다.

한 달 정도 지났을 때 조금 독특한 경험을 했다. 새벽에 '신성한 숲속'에 들어가 명상하는 과정이 있었다. 간단하게 요가를 하고 명상을 시작하는데 눈 감는 순간 아무것도 없었다. 말 그대로 '몸이 없어지는 경험'을 했다. 마치 시간과 공간이 멈춘 것처럼 내 생각이 모두 사라져 아무것도 일어나지 않았다. 아무것도 느껴지지 않았다. 아무것도 없는 '空(공)'의 상태였다. 시간이 얼마나 지났는지 모른 채 한참을 '그냥' 앉아 있었다.

명상이 다 끝나고 돌아오는 버스 안에서도 한참 동안 '아무것도 없는 상태'였다. 외부의 어떤 것을 봐도 좋고 싫음의 생각이 일어나지 않았다. 떠오르는 태양을 보며 '그냥' 고요함 속에 있었다. 나는 고요함 그 자체였다.

내가 명상에 잘 집중해서 그런 경험을 한 것이 아니

었다는 사실을 한참 후에 알았다. 한 달간 요가와 명상을 하며 어떠한 외부의 간섭 없이 편안하게 충분히 쉬고 이완했기에 일어난 일이었다. 오랜 시간 쌓인 긴장과 생각이 흘러간 후에야 비로소 나는 고요함 속에 '있는 그대로의 나'로 머무를 수 있었다.

그때 배웠다.

뭔가를 하려고 집착하면 할수록 경험할 수 없었다. 아무것도 하지 않았기에 오히려 '내면의 고요함'을 경험할 수 있었다.

나는 항상 너와 함께 있었다

인도 아쉬람(명상센터)의 신성한 숲속, 400여 명이 모여 함께 명상했다. 그날 또 다른 특별한 경험을 했다.

닷사지(선생님)들은 숲으로 출발하기 전 새벽부터 강의장에 모인 사람들에게 여러 번 강조했다.

"오늘은 특별한 날이에요. 신성한 숲속에 가서 아주 중요한 과정을 할 거예요. 다들 침묵과 함께하세요. 아주 좋은 경험을 하게 될 거예요."

수업 시간에 늘 청개구리같이 굴던 나는 침묵이라는 말에 '싫어' 하는 반감이 올라왔다. 편하게 말하고 싶었지만 그날은 그럴 수 없는 분위기였다. 숲에는 많은 사람이 있었지만 정말 고요했다. 고요함 속에 멀리 새소리만 들릴 뿐 사람 소리는 들을 수 없었다. 어쩔 수 없이 나도 침묵에 동참해야 했다.

침묵하며 숲을 거닐다가 마음에 드는 곳에 앉아 눈을 감았다. 바람이 느껴지고 자연의 소리가 여기저기서 들렸다. 하지만 서서히 머릿속에서 생각이 일어나기 시작했다. 어느새 느껴지던 자연의 소리는 사라지고 이런 저런 생각의 소리만 들렸다. 내가 나와 대화하듯 많은 것이 오갔다. 분명 입은 다물고 있었고 어떤 소리도 밖으로 내지 않았다. 밖은 조용했지만 내 속은 더 시끄럽고 복잡했다. 생각이 멈추지 않아 눈을 떴다.

사람들은 각자 자신의 공간에 조용히 머물며 침묵 속에 있었다. 나는 괴로웠다. 눈을 떠도 눈을 감아도 생각이 멈추질 않았다. 소리라도 지르고 싶었지만 주변이 너무 조용해 그럴 수가 없었다. 점점 답답해지고 초조해졌다. 자리를 여기저기 옮겨 봐도, 요가를 해도, 눈을 감아도, 더 많은 생각이 일어났다.

'멍청아, 남들은 저렇게 열심히 명상하고 조용히 하는데 너는 뭐야?'

'너란 애는 어릴 때도 주의가 산만하더니 지금은 더해. 이런 거 하면 뭐하니?'

'와, 저 사람은 요가도 잘하네.'

'저 남자 멋지다. 잘생겼어.'

'앗, 선생님이 날 보네. 명상하는 척이라도 해야겠다.'

'아씨, 도대체 온종일 이렇게 뭘 하라는 거지?'

'뭐가 특별한 날이야. 대체 뭐가 좋은 경험이야!'

내 속은 온통 비난과 비판, 불평과 불만뿐이었다. 뭘 해야 할지 몰라 안절부절못하는 내 마음을 아는지 모르는지 어떤 외국인이 지그시 나를 바라보며 온화한 미소를 보내고 있었다.

'저 사람은 무슨 생각을 할까? 왜 웃고 있지?'

몇 시간이 지났을지 모를 때쯤 특별한 과정을 하니

한곳에 모이라고 했다. 마지막 과정은 어떤 작은 움막에 들어가 명상하고 나오는 거였다. 늘어선 긴 줄에 합류했다. 그때까지만 해도 내 머릿속은 복잡하고 시끄러운 소리로 가득했다. 말을 못 하니 점점 답답해지고 짜증이 났다.

'이런 걸 왜 하는 거야?'

그 순간 갑자기 귓가에 내 소리가 아닌 다른 소리가 들려 왔다.

'나는 항상 네 곁에 있었다.'

시끄럽게 일어나던 생각과는 완전히 다른 소리였다.

'이게 무슨 말이지?'

짜증이 잔뜩 나 있던 참에 마음속으로 말했다.

'아뇨, 나는 항상 혼자였어요.'

다시 또 들렸다.

'나는 항상 너와 함께 있었다.'

나는 또 답했다.

'아뇨, 나는 항상 혼자였어요. 내 옆에는 아무도 없었
어요.'

또 같은 말이 들렸다.

'나는 항상 너와 함께 있었다.'

긴 행렬 한가운데서 침묵 속에 이 말을 계속 듣고 답
하기를 반복했다. 어느새 움막 앞에 섰다. 닷사지가 안
으로 들어가 명상을 하라고 말했다. 움막 안에 들어가

앉아 눈을 감고 호흡에 집중했다. 갑자기 이런 소리가 들렸다.

'내가 항상 네 옆에 있었지만 네가 느끼지 못했다면 다 내 잘못이구나.'

12년이 지난 지금도 그 말을 잊을 수 없다.

그날 움막에서 마지막 내면의 소리를 듣고 한참을 울었다. 터지듯 나오는 그 울음은 내면 깊숙한 곳에서부터 분수처럼 터져 나오는 것 같았다. 울다 지칠 때쯤 명상이 끝났고 움막 밖으로 나왔다. 시원한 바람을 맞으며 나무 아래 편하게 누워 휴식했다. 더는 아무것도 느껴지지 않았다. 조용했다. 머릿속도 고요했다.

그날 닷사지에게 나의 경험에 관해 질문했다. 그녀는 싱긋 웃으며 말했다.

"정말 잘했어요. 명상은 침묵 속에서 일어나는 생각

을 있는 그대로 바라보는 거예요. 많은 것이 지나가고
사라지면 비로소 진짜 내면의 소리를 들을 수 있어요."

'나는 항상 너와 함께 있었다.'

그 후로 그 말이 수시로 떠올랐다.
더는 외롭지 않았다.

언니, 생일 축하해!

　회사 일을 정리하고 인도로 떠날 준비를 할 때쯤, 명상 모임에서 만난 친구에게서 유독 자주 연락이 왔다. 3개월 동안 인도 아쉬람(명상센터)에 갈 예정이라고 하니 그 친구도 같이 가겠다고 했다. 한 달 뒤 우리는 함께 인도행 비행기를 탔다. 여동생이 있던 그녀는 금세 '언니, 언니' 하며 친근하게 다가왔다. 낯선 곳에서 우리는 항상 함께 다녔다. 밥도 같이 먹고, 가까운 곳을 여행하며 꽤 짧은 시간에 친해졌다.

　아쉬람에서 수련한 지 두 달이 다 되어갈 때였다. 갑자기 그 친구가 수행을 위해 혼자 있는 시간을 갖고 싶다고 했다. 그 선택을 존중했다. 그녀는 닷사지(선생님)에게 개인 면담도 신청하며 부산스럽게 지냈다. 수행에 집중하는 것 같아 방해하고 싶지 않았지만 왠지 좀 섭섭했다.

매주 일요일에는 모든 참여자가 한 공간에 모여 밤새 집중 수행을 했다. 새벽녘, 교실에서 수행 과정을 끝내고 숙소에서 잠시 눈을 붙이려고 혼자 나섰다. 바깥공기가 약간 쌀쌀하고 바람이 찼다. 이제 막 해가 뜨려고 하는지 하늘이 온통 붉었다. 교실 문 앞 계단 아래 바닥에는 누군가 모래로 만든 꽃 모양 만다라가 이쁘게 그려져 있었다.

밤새 명상 수행을 한 덕에 마음이 고요했다. 그리고 눈 앞에 펼쳐진 아침 풍경은 하늘이 주는 선물 같았다. 사실 그날은 내 생일이었다. 생일날 새벽에 뜨는 해를 보고 맑은 공기를 느끼며 바라본 만다라. 모든 것이 완벽하고 아름다웠다.

한국에 있었다면 출근 준비로 바쁜 생일날 아침이었을 것이다. 밤엔 누군가를 붙잡고 밥을 먹거나 혼자서

술을 진탕 마시고 취해 잠들었을 텐데, 그날은 지금까지 맞이한 생일 중 가장 아름다운 생일날 아침이었다.

숙소로 가서 짧지만 깊은 잠을 자고 아침 수업에 갔다. 수업을 시작하기 전에 닷사지가 말했다.

"오늘 생일인 친구가 있으니 우리 모두 축하합시다. 한국에서 온 Kirty(인도 이름, 키르티) 앞으로 나오세요."

졸려서 멍하게 앉아 있는데 갑자기 내 이름을 불렀다. 당황해하며 앞으로 나갔다. 400명이 넘는 사람이 함께 'Happy Birthday to you'를 불러 줬다. 태어나서 그렇게 많은 사람에게 생일 축하를 받기는 처음이었다. 큰 축복이었다. 사람들의 축하에 가슴이 벅차 눈물이 났다. 수업 후 나와 눈이 마주치는 모든 이가 'Happy Birthday to you!'란 말과 함께 웃으며 인사했다. 온종일 사람들에게 축하받았다.

저녁 시간 숙소에서 한국 사람끼리 모여 생일파티를 열었다. 어떤 분은 장조림, 어떤 분은 라면, 어떤 분은 미역국을 끓여 주셨다. 아끼는 음식을 조금씩 내어놓고 작은 생일상을 차려 주셨다. 귀하고 반가운 한국 음식이 모두 나왔다. 그때 갑자기 불이 꺼졌고 그 친구가 촛불과 초코케이크를 들고 들어왔다.

"언니, 생일 축하해!"

환하게 웃으며 들어오는 친구의 모습에 왈칵 눈물이 났다.

알고 보니, 그녀는 그동안 혼자 이벤트를 준비하고 있었다. 며칠 전부터 담당 닷사지에게 부탁해 구하기 힘든 초코케이크를 멀리 있는 가게에서 사다가 숨겨 두었다. 그리고 그날 수업 시작 전에 닷사지에게 양해를 구하고 생일 축하 노래를 부르게 해 달라고 부탁했다. 눈치 빠른 내가 혹여나 알아차릴까 봐 모든 상황을 비밀로 하느라 혼자 바빴고 일부러 나를 피해 다녔다고 했다.

미안했다.

나는 그것도 모르고 오해하며 또 혼자 상처받았다고 생각했다.

'나는 이렇게 항상 혼자 오해하고 먼저 마음을 닫고 지냈구나!'라는 생각이 들면서 정말 부끄러웠다.

고마웠다.

고마운데 뭘 어떻게 표현해야 할지 몰랐다. 함께하는 동안 그녀에게 너무 많은 걸 받고 있었다는 걸 미처 알지 못했다.

생각해 보면 내 곁엔 함께하는 누군가가 항상 있었다. 하지만 그것을 당연하게만 생각했지, 소중하고 감사한 일로 여기지 않았다. 그날 이후 주변을 돌아보며 함께하는 사람에게 받는 모든 것에 감사하며 살아가고 있다.

그날 미처 하지 못했던 말을 이제야 꺼내 본다.

"혜연아! 그날 정말 고마웠어. 내 인생에서 잊지 못할 최고의 생일이었어. 정말 고마워!"

It's safe now(이젠 안전해요)

인도에서 다양한 수업 과정을 마치고 5개월 만에 한국으로 돌아왔다. 조용한 곳에서 지내다가 소란스러운 곳에 적응하려니 시간이 좀 걸렸다. 처음에는 TV 소리와 거리에서 들려오는 소음도 너무 시끄러워 집에 있을 수 없었다. 절에 들어가 보름 정도 명상하며 지냈다. 적응을 못 하고 방황하는 나를 알아본 선생님이 어떤 수업을 소개했다. 곧장 말레이시아로 컬러 명상 수업을 듣기 위해 떠났다. 뭘 배우는지도 모르는 채 합류했다.

숙소에 도착한 첫날, 옆방에서 들려오는 요란한 남녀의 소리 때문에 깊이 잠들지 못했다. 다음 날 방을 바꿨지만 또 같은 일이 일어났다. 방을 세 번이나 바꿨지만 여전히 옆방은 소란스러웠다. 원래 이런 호텔인가 싶어 일행에게 물었지만 다른 방은 괜찮다고 했다.

컬러 명상 수업이 시작되었다. 매일 아침 수업을 시작하기 전에 네 가지 컬러를 선택했다. 그 컬러가 자신의 내면을 반영한다고 했다. 뭐가 뭔지 잘 몰랐지만 모든 것이 흥미로웠다. 수업 둘째 날, 그날은 유독 내가 선택한 컬러가 맘에 들었다. 각 컬러가 지니는 의미가 궁금했다. 일행 중 공부를 오래 하고 경험이 많은 선생님에게 여쭤봤다.

"선생님, 오늘 제가 뽑은 컬러들은 무슨 의미예요?"

내가 뽑은 컬러를 자세히 보더니 선생님이 말했다.

"무슨 트라우마 있어요?"
"네? 아뇨?"

생각하지도 못했던 질문이 당황스러웠다.
묻고 싶은 게 많았지만 열심히 수업을 준비하는 선생님을 더는 방해할 수 없었다.

'무슨 트라우마가 있지?'

의문이 생기는 순간이었다.

수업 전 명상 시간이 되어 눈을 감고 호흡에 집중했다. 영국인 티처 도미니크의 안내에 따라 온몸을 점점 이완하며 집중했다. 그런데 갑자기 어떤 영상이 눈앞에 펼쳐졌다.

주변에 아무도 없다.

나는 풀밭에 누워 있다. 그린, 레드 컬러의 투피스를 입고 있다. 치마가 올라가 있다. 누워 있는 내 앞에 남자아이 두 명이 날 보고 웃고 있다.

그리고 다음 장면. 친구와 집 앞 놀이터를 걸으며 혼자 속으로 말하고 있다.

'이건 꿈이야. 아무 일도 없었어. 괜찮아, 괜찮아.'

제법 오래된 기억이다. 1986년 봄, 초등학교 3학년이었던 나는 학교 뒷동산 독서공원에 놀러 갔다. 모든 과정이 자세히 기억나지는 않는다. 아주 희미한 기억만 남아 있을 뿐이다. 지금까지 이 짧은 기억의 조각이 꿈인 줄 알았다. 하지만 명상 중 보인 영상은 너무 생생했다. 그날 입었던 옷과 컬러까지 모든 것이 선명했다.

'아! 꿈이 아니라 그때 실제로 겪었던 일이었구나. 이게 바로 그 트라우마인가 봐!'

나도 모르게 눈물이 흘렀다. 애써 울음을 참고 계속 흐르는 눈물을 훔치며 수업을 들었다. 수업 마지막에 학생들끼리 상담하는 시간이 되었다. 나는 아무것도 할 수 없어서 쉬겠다고 했다. 그런 날 보고 도미니크가 조용히 다가왔다.

"How about you? Are you OK?"
(어때요? 당신 괜찮아요?)

그 말을 듣는 순간 꾹꾹 눌러 가며 참았던 울음이 갑자기 터져 나왔다. 아무 말도 못 하고 울기만 했다. 도미니크는 따뜻한 눈으로 나를 가만히 바라봤다. 울고 있는 그 순간은 공기조차 흔들리지 않고 시간이 멈춘 듯했다. 마치 소리 내어 울고 있는 아홉 살 아이를 온 우주가 따뜻하게 보살펴 주는 것 같았다. 한참 시간이 흐르고 울음이 잦아질 때쯤 도미니크가 말했다.

"It's all right now. It's safe now."
(이젠 괜찮아요. 이젠 안전해요)

아무 말도 하지 않았는데 마치 모든 것을 알고 있는 듯한 모습이었다. 눈물이 조금씩 줄어들었고, 마음은 점점 편안해졌다.

그날 밤 옆방은 조용했다.
고요한 방에서 나는 오랜만에 깊고 편안한 잠을 잤다.

때로는 살아있는 것조차도

용기가 될 때가 있다

- 세네카 -

'감사'하라는데 엄마 얼굴을 모르겠어요

"어쩌면 어머니에 대한 어떤 마음이 기억을 가로막고 있지 않을까요? 잘 찾아 보세요."

'엄마에 대해 어떤 마음이 있지?'

어느 코스에서 '부모와의 관계 치유' 프로그램을 했다. 진행자는 명상할 때 부모님 얼굴을 떠올리며 내면에서 일어나는 느낌을 찾으라고 했다. 나는 눈을 감고 호흡에 집중했다. 그리고 엄마 아빠 얼굴을 떠올렸다. 아빠 얼굴은 금세 생각이 나는데 엄마 얼굴이 도저히 떠오르지 않았다. 유독 엄마 얼굴을 많이 닮았다는 소리를 자주 들었던 터라 쉬는 시간에 거울을 들여다보며 관찰했지만 허사였다. 그날이 마침 어버이날이라 잠시 엄마와 통화했지만 오후 수업에서 명상해도 엄마 얼굴이 기억나지 않았다. 결국 기억해 내지 못한 채 모든 과정을 마쳤다.

이상했던 건 그날 이후 엄마 얼굴이 더 생각나지 않았다는 사실이다. 사진을 찾았지만 가족사진이 한 장도 없었다. 며칠 뒤 엄마가 고향 친구들과 약속이 있어 오셨을 때 잠시 만났다. 하지만 다음 날부터 다시 엄마 얼굴이 생각나지 않았다. 생각할수록 뭔가 거부감만 일어났다. 짜증도 났다. 감정을 들여다볼수록 점점 더 화가 났다.

가만히 생각해 보니 어릴 때 받은 상처 중 많은 것이 엄마에게 받은 상처였다. 숨겨 둔 감정을 알아차릴수록 엄마에 대한 감정이 미움으로 바뀌었다. 어린 시절 기억에 엄마는 불쌍하고, 힘들고, 약하고, 보호해야 하는 연약한 존재였다. 동시에 나에게 너무 강압적이고 억압하는 존재이기도 했다.

'부모와의 관계 치유' 프로그램에 다시 참석했다. 이 과정을 좀 더 깊이 제대로 하고 싶었다. 먼저 상처받았던 사건을 하나하나 떠올렸다. 여전히 엄마 얼굴은 생각나지 않았지만 사건은 금방 떠올랐다. 이젠 흐릿해질 만큼 오래된 일들이었다. 하지만 강하게 받은 상처로 인해 마치 어제 일처럼 생생하게 떠올랐다.

표현하지 못하고 억눌렸던 감정이 어땠는지도 떠올렸다. 명상 중 그 상황이 생각날 때 느껴지는 느낌에 집중했다. 집중할수록 그때의 감정이 어제 일처럼 그대로 되살아났다. 무섭고, 두렵고, 원망스럽고, 화나는 등 내 속에서 정말 많은 감정이 일어났다. 울고 또 울었다. 목이 쉬도록 소리도 질렀다. 악을 썼다. 꽁꽁 얼어붙었던 수많은 감정이 쉴 새 없이 여기저기에서 튀어나왔다. 어떤 상황에서든 올라오는 감정을 있는 그대로 느끼려고 했다. 그러면 점점 옅어지고 사라진다고 했다. 그렇게 감정과 내면의 상처에 집중하며 하나하나 치유하고 과거를 조금씩 털어 내기 시작했다.

오랫동안 엄마를 미워하는지도 모르고 살았다. 내면의 상처가 치유되고 쌓였던 감정이 흘러갈수록 분노도 조금씩 옅어져 갔다. 예전엔 엄마와 단 5분도 한 공간에 함께 있는 것이 싫고 힘들었지만, 조금씩 대화가 편안해지기 시작했다. 하지만 한순간에 모든 상처가 치료되는 건 아니었다. 억압된 감정을 씻어 내고 치유하는 과정은 그 후로도 10년 동안 계속되었다.

얼마 전 교통사고가 크게 났다. 차가 많이 망가져 폐차할 정도였지만, 사고 규모에 비해 크게 다치지 않아 정말 다행이었다. 병원에 입원하기 전에 바쁜 일들을 처리하느라 정신이 없었다. 사고 다음 날 피곤과 잠에 취해 일어나지 못하고 끙끙대고 있는데 아침 일찍 엄마가 연락도 없이 집에 오셨다. 버스를 잘못 내려 한참을 헤매다가 힘들게 왔다며 땀을 뻘뻘 흘리고 계셨다. 입원 전에 줄 물건이 있어서 왔다며 이것저것 챙겨 주셨다.

엄마는 출근하기 위해 도착한 지 20분도 안 되어 금

방 일어나셨다. 버스 정류장 근처까지 배웅하면서 멀어져 가는 엄마의 뒷모습을 봤다. 갑자기 가슴이 뭉클하고 눈물이 났다. 평생을 무서워했고, 싫어했고, 걱정했고, 미워했고, 원망도 했다. 항상 크게만 느껴지던 엄마의 뒷모습은 어느새 작은 노인이 되어 있었다. 마음이 시렸다. 한참을 울었다.

'이제 함께할 날이 많지 않겠구나! 미워만 하며 지내기엔 시간이 얼마 남지 않았어.'

미안했다.
그 순간, 원망했던 마음 한 조각이 떨어져 나갔다.

규칙을 지켜야 혼나지 않아

"TV 끄고 들어갈 시간이야."

"가요 같은 수준 낮은 음악 듣지 마."

"6시 넘어서 집에 올 거면 차라리 들어오지 말고 나가."

29살 대학생 큰이모는 어릴 때 나의 롤모델이었다. 하지만 큰이모와 함께 있을 때면 저녁에 반드시 TV를 끄고 방에 들어가야 했다. 그녀의 규칙은 '저녁 7시 이후 무조건 공부하기'였다. 나는 그때 학생은 7시 이후 TV를 보면 안 되는 줄 알았다. 중학생이 되어서 친구들이 온갖 드라마 이야기를 하는 걸 듣고서야 아니라는 걸 알았다.

작은이모의 규칙은 '트로트나 가요 같은 음악은 듣지

말고 클래식만 들어라'였다. 피아노학원을 운영하는 이모는 가요가 정서에 안 좋은 음악이라고 강조했다. 나는 항상 작은이모 몰래 가요를 들어야 했다.

막내 이모의 규칙은 '저녁 6시까지 반드시 집에 들어와야 한다'였다. 만약 그 시간을 어기면 엄마한테 일렀고 그 규칙을 지키지 않는 날에는 반드시 벌을 섰다.

아빠는 항상 '불 꺼라', '어른들한테 인사했어?'라고 하셨다. 아빠의 규칙은 '사용하지 않는 전깃불 끄기'와 '예의 바르게 행동하기'였다.

'쓰지 않는 전기는 무조건 꺼야 한다'는 규칙은 어른이 된 후에도 어디서든 사용하지 않는 전깃불을 열심히 끄게 했다. 지금도 사용하지 않는 공간에 불이 켜져 있으면 마음이 불편하다. 밖에서 아는 분을 만나면 아빠는 반드시 '어른들께 인사했냐?'라고 당사자 앞에서 꼭 확인하셨다. 그런 아빠의 확인은 나이 서른을 넘어서도 계속되었다.

엄마의 규칙은 셀 수 없이 많았다. 먹지 마라, 공부해라, 어떤 일이 있어도 선생님 험담하지 마라, 이상한 친구들 만나지 마라, 못사는 동네 아이들과 어울리지 마라, 오락실 만화방 가지 마라 등 지켜야 할 것투성이였다.

친구 집에 놀러 갔을 때였다. 친구가 엄마에게 낮에 학교에서 있었던 억울한 일을 말하며 선생님에 대한 불만을 말했다. 그걸 보고 집에 와서 나도 따라 하다가 엄마에게 엄청 혼이 났다.

"엄마, 선생님들이 몽둥이로 막 때려. 크게 잘못 안 했는데도 욕을 하면서 때려."

엄마는 내 말을 다 듣기도 전에 화부터 냈다.

"어디 학생이 하늘 같은 선생님을 욕해!"

난 속으로 생각했다.

'그 선생님이 분명히 잘못했는데…'

하지만 엄마가 무서워서 더는 말할 수 없었다. 그 후로 학교에서 있었던 일은 절대 엄마에게 말하지 않았다.

우리 집엔 지켜야 하는 규칙이 많았다.

엄마 아빠가 일하느라 바빠서 집에 안 계셨기 때문에 여러 사람이 돌아가며 돌봐줬다. 그때마다 함께 있는 사람이 정한 규칙을 반드시 지켜야 했다. 항상 규칙이 존재했다. 왜 지켜야 하는지 그 이유는 알 수 없었다. 언제나 대화는 '~하지 마라'로 시작해 '~하지 마라'로 끝났다. 규칙을 지키기 싫을 때도 있었지만 반드시 지켰다. 그래야 혼나지 않았다. 몰래 규칙을 어기다 들키는 날에는 언제나 날벼락을 맞았다. 어떤 건 아이를 위한 규칙이었겠지만 대부분은 어른들의 편의를 위한 것이었다.

어릴 때 하지 못했던 경험은 대학생이 되어서야 해 볼 수 있었다. 만화방 가서 만화책 보기, 오락실에서 오락하기, 며칠 동안 TV만 보기, 술 실컷 마시기, 먹고 싶은 거 마음껏 먹기까지. 감시자가 없어진 나는 고삐 풀린 망아지처럼 맘껏 하고 싶은 것을 했다.

하지만 어려서부터 습관처럼 몸에 밴 규칙은 어른이 된 후에도 눈에 보이지 않는 감옥 같았다. 지켜보는 사람이 없어도 어기는 날엔 마음이 불편했다.

일단 비어있는 방에 불이 켜져 있는 걸 못 견딘다.
비즈니스적으로 어른들에게 참 예의 바르다.
사람들 앞에선 편하게 먹지 못한다.
뭔가를 배우거나 공부해야 한다는 강박감이 있다.
가끔은 꿈에서 시험을 준비하며 불안해한다.

특히 남들에게 내 규칙을 강요한다. 규칙을 잘 지키며 살고 있으니 내가 아는 것이 모두 다 옳다고 믿었다. 그러다 보니 상대방에게 규칙을 강요했다. 어느새 어린 시절의 집안 어른들과 다를 바 없는 사람이 되어 있었다. 상대의 입장이나 상황은 고려하지 않고 이렇게 해야만 한다고 강요하고 있었다.

모든 것은 때가 있고 각자 살아가는 경험이 다르다는 것을 몰랐다. '이렇게 해서 결과가 좋았으니 이 규칙이 정답이야'라고 생각했다. 하지만 그것 역시 내 생각이고 내 착각이었다.

인도 명상센터 수업 시간이었다.

"국가, 문화, 전통, 사회적인 관념 등 시간과 공간에 따라 모든 규칙은 다르다. 이런 규칙이 우리를 자유롭지 못하게 한다. 규칙은 또 다른 감옥이다."

이 말을 듣고 그제야 알아차렸다.

'그래, 반드시 지켜야만 하는 규칙은 세상에 없어.'

눈물이 났다. 가슴이 후련했다.

지금도 우리 가족들은 여전히 자기 생각과 다르면 '내 말이 맞아. 내가 시키는 대로 해'라고 강요한다. 자기 생각과 경험이 세상의 모든 진리인 듯 말한다. 하지만 내 생각은 다르다. '그냥 그들의 말이고 생각일 뿐이야. 어쩌면 스스로 그러지 못해 나에게 강요하는 것일 수도 있어'라고 생각한다. 그래서 이제는 가족들의 규칙과 생각에서 자유롭다.

더는 남들의 기준이 아닌 내 가슴이 느끼는 것에 집중하며 산다. 그러다 보니 자연스럽게 남에게 강요하던 말과 남의 인생에 함부로 간섭하던 행동도 점점 줄어들었다. 다른 사람의 행동이나 말이 거슬리거나 혹은 잘못돼 보여도 쉽게 말하거나 충고하지 않는다. 가끔 누군가에게 어떤 말을 하고 싶으면, 그 순간 나에게 말한다.

'나나 잘하자. 저 사람은 자기 삶을 열심히 살고 있으니 저 사람의 경험을 있는 그대로 존중하자. 모든 것이 있는 그대로 완벽하고 아름다우니…'

모두 중요한 존재이다.

누구보다 더 중요한 사람은 없다.

- 블레즈 파스칼 -

6시간 동안 방에 갇혀 봤어?

나는 책을 좋아한다. 서점에 가는 것도 좋아하고, 도서관에 가는 것도 좋아한다. 책도 많이 사는 편이다. 책을 살 때 제목과 목차를 자세히 본다. 사람들의 후기도 보고 신중하게 고른다. 하지만 문제는 사고 나면 잘 읽지 않고 그냥 책장에 쌓아 둔다.

한창 사회생활을 하고 경제 공부를 할 때 경제 서적과 자기개발서 등 책 300여 권을 샀다. 하지만 절반은 거의 읽지 않았다. 중고로 처분할 때 좋은 가격을 받아 좋았지만 읽지 않은 새 책을 헐값에 팔게 되어 안타까웠다.

'왜 매번 이럴까? 고르고 골라 신중하게 샀는데 왜 잘 읽지 않을까?'

지금이라고 크게 달라진 것은 없다. 경제 서적이 마음공부와 치유에 관한 주제로 바뀌었을 뿐. 필요하면 억지로 읽지만 여전히 책 읽는 게 어렵다. 아마도 그 일이 상처가 되어 영향을 주고 있는 게 아닌가 싶다.

열두 살 때 어느 날, 갑자기 아빠가 안방으로 부르셨다. 그러더니 무작정 앉아서 책을 읽으라고 하셨다. 작은 상 위에는 책이 몇 권 쌓여 있었다.

"이거 다 읽을 때까지 여기서 못 나간다."

안방 문은 굳게 잠겼고, 나는 아빠와 마주 앉아 있었다. 무겁고 싸늘했던 분위기에 주눅이 든 나는 몸이 굳어 소리 내어 울지도 못했다. 할 수 있는 게 없었다.

"집중해서 읽어라."

아빠는 계속 다그쳤지만 글자가 눈에 들어오지 않았

다. 읽기는 했지만 계속 읽었던 곳을 읽고 또 읽기를 반복했다. 읽었다고 해도 도저히 무슨 말인지 이해할 수 없었다. 시간이 한참 지나도 한 장을 넘기기 힘들었다. 그렇게 6시간이 지날 때쯤 집에 찾아온 이모가 상황을 듣고 밖에서 문을 두드리며 아빠를 불렀다.

"형부, 너무 늦었으니 애 그만 재워야 해요. 다음에 하세요."

몇 번의 실랑이가 오간 후 나는 그 방에서 탈출할 수 있었다. 이모가 집에 오지 않았으면 밤새 그렇게 시간을 보냈을지도 모른다. 그날 방 안의 느낌, 무겁고 싸늘한 분위기에 얼어붙었던 나, 무서웠던 느낌이 그대로 가슴에 상처로 남았다.

한때 나의 꿈은 국어 선생님이고 작가였다. 요즘 그 꿈을 다시 꾸고 있다. 여기저기 조언을 구해 보니 글을 잘 쓰려면 책을 많이 읽어야 한다고 했다.

'나는 책을 잘 못 읽는데 어떻게 하지?' 고민이 크다. "그냥 읽으면 되지 왜 못 읽어요? 읽으면 되는데? 읽다 보면 늘어요"라며 쉽게 얘기하는 사람이 있던데 그럴 때마다 나는 속으로 외친다.

'6시간 동안 방에 갇혀서 책 읽으라는 협박 받아 봤어?'
'이제부터라도 어떻게든 이 상처를 극복하고 편하게 책 읽고 글을 쓰는 사람이 되고 싶다⋯.'

마음속 상처는 어디 있는지 들여다보고 잘 돌봐야 한다고 배웠다. 아픈 곳을 애써 숨기며 억지로 극복하는 것은 제대로 된 치유가 아니다. 어떻게 하면 내면의 상처를 치유하고 작가의 꿈을 이룰 수 있을지 생각했다.

먼저, 내 마음의 상처를 돌보고 치유하기로 했다. 눈을 감고 조용한 곳에 앉아 명상했다. 아빠의 강압적인 방법은 책에 대한 부담감과 어려움, 거부감만 남겼다. 그때의 기억을 떠올렸다. 잘 들여다보니 감정이 하나씩 느껴졌다. 서늘한 분위기에 눌려 굳어 있던 느낌. 그것을 그대로 느꼈다. 한참을 가만히 있었다. 떠오르는 느낌에 집중할수록 점점 작아졌다. 그러더니 어느 순간 갑자기 사라졌다. 그렇게 명상을 하며 하나하나 올라오는 감정을 느끼고 흘려보냈다. 감정을 흘려 보내고 난 후, 비로소 마음이 가벼워졌다. 결국 내 안에 묻혀 있던 감정은 아빠와는 상관없는 것이었다.

다음으로, 읽고 싶은 책이 생기면 인터넷 서점 장바구니에 담아 뒀다. 몇 번을 봐도 읽고 싶으면 그때 샀다. 책이 배달되면 조금 읽어보고 계속 읽고 싶으면 읽고 아니면 덮었다. 머리맡에 두고서 읽고 싶은 마음이 들 때 마음 편하게 봤다. '끝까지 다 읽어야 한다'는 강박도 버렸다. 빨리 읽어야 한다는 생각도 내려놨다. 그러자 한결 책 읽기가 편해졌다.

마지막으로 글쓰기에 도전했다. 여러 번 쓰고 지웠다. 혼자 쓰다가 안 돼서 글쓰기 선생님을 찾았다. 수업도 듣고 글 쓰는 방법도 배웠다. 선생님은 일단 앉아서 쓰라고 했다. 정말 무작정 썼다. 글이 잘 안 써지는 날에는 걸어서 도서관을 찾았다. 책상 앞에 앉아 글쓰기를 시작했다. 그러면서 조금 자신감을 얻어 책 쓰기에 도전했다.

　지금 이 글을 쓰는 순간에도 마음의 감정을 들여다본다. '책 읽기, 글쓰기'를 하면서 상처도 들여다보고 작가의 꿈도 키워 나가고 있다.

지금 할머니는 진짜 할머니가 아니야

나에겐 친할머니가 두 분이다.

아빠를 낳아 주신 할머니, 아빠를 키워 주신 할머니.
그러니까 아빠에게는 엄마가 두 명인 셈이다.

초등학생 때 아빠를 무서워하고 싫어했던 시기가 있다. 갑자기 화를 내고 폭력적인 모습을 드러내는 아빠가 무서웠다. 내 이야기는 들으려 하지 않고, 자기 생각만 강요하는 강압적인 아빠를 이해할 수 없었다. 열두 살쯤부터는 소통할 수 없는 아빠와 아예 대화하지 않고 피해 다녔다. 점점 아빠가 싫었다. 1년쯤 아빠와 대화하지 않던 나를 지켜보던 엄마가 어느 날 할 말이 있다며 내 방에 들어오셨다.

"아빠 너무 미워하지 마. 아빠는 불쌍한 사람이야.

사실 네 할머니는 진짜 할머니가 아니야."

  충격이었다.
  '어려서부터 만난 할머니가 진짜 할머니가 아니라니,
무슨 말이지?'

  "아빠가 어렸을 때 아빠를 낳아 주신 할머니는 아빠
랑 큰삼촌을 낳고 병이 생겨 집을 나가셨어. 지금 할머
니는 아빠의 새엄마고, 막내 삼촌은 지금 할머니 아들
이야. 아빠는 여섯 살 때부터 진짜 엄마 없이 자랐어.
아빠 불쌍한 사람이니까 너무 미워하지 마. 친엄마 밑
에서 자라지 못해 성격이 날카롭고 예민하고 대화가 잘
안되는 거니까 니가 이해해. 알았지?"

  고작 열세 살, 내가 받아들이기 힘든 이야기였다. 항
상 반갑게 반겨 주시는 할머니가 진짜 할머니가 아니고
나와 잘 놀아 주는 막내 삼촌이 아빠의 배다른 형제라
니. 드라마에 나오는 이야기가 실제 우리 집 이야기라

는 사실에 놀랐다.

혼란스러웠다. 무엇보다 엄마는 나에게 아빠를 조금 더 이해하라고 말해 놓고 아빠와 자주 싸우셨다. 하지만 나는 엄마의 이야기를 듣고 난 후부터 아빠를 미워할 수 없었다. 아빠는 불쌍한 사람, 보호해야 하고, 잘해 줘야 하고, 이해해 줘야 하는 사람이 되었다. 화를 내고 함부로 행동해도 아빠를 미워할 수 없었다. 아빠의 이야기는 나에게 한 짐 걱정거리가 되었다. 어쩜 이해를 강요당했는지도 모르겠다. 나의 감정은 모두 무시한 채 그런 부모님을 더 이해하기 위해 노력했다.

5년쯤 흘렀을까, 아빠를 낳은 진짜 할머니를 만났다. 처음 만난 할머니는 정신이 온전하지 못하셨다. 아무도 알아보지 못하고 일상적인 대화를 나눌 수도 없었다. 알고 보니 할머니는 스무 살 때 시집와서 아들 둘을 낳고 치매 증상이 나타나 친정집으로 돌려보내졌다고 했다. 할머니 동생이 50여 년간 누나를 돌보다가 먼저 돌아가셨고, 그 후 할머니는 무연고 노인으로 요양원에 보내졌다고 했다. 그러다가 큰아들인 아빠에게 연락이 온 것이었다.

진짜 할머니는 아빠와 매우 닮아 있었다. 멀리서 본 할머니는 아무도 없는 곳에서 혼자 중얼중얼 누군가와 열심히 이야기 나누고 계셨다. 가까이 가 보니 지나가는 벌레를 보며, 하늘에 날아다니는 것들을 보며 뭔가 계속 얘기하고 계셨다. 무슨 말을 하는지 어떤 의미인지는 알 수 없었다. 할머니는 그렇게 몇 년을 혼자 사시다가 어느 날 갑자기 돌아가셨다. 할머니를 세 번 만난 게 전부였다.

할머니가 돌아가시고 절에서 삼우제를 지내던 날, 혼자 대웅전에 앉아 한참 동안 부처님을 멍하니 바라봤다. 그냥 눈물이 났다. 대화를 나눠 본 적도 없는 할머니에 대해 어떤 추억도 없었지만 눈물이 났다. 잘은 모르지만 할머니의 삶이 마음 아팠다. 이유는 모르지만 가슴 깊은 곳에서부터 눈물이 났다.

얼마 전 할머니 제사를 20년 만에 참석했다. 마침 보름법회도 있어 제법 많은 사람이 있었다. 법회 중 108배 정진을 할 때 아무 생각 없이 절을 108번 했다. 절을 다 하고 자리에 앉는데 가슴이 먹먹하고 눈물이 왈칵 났다. 돌아가신 할머니의 삶, 그리고 앞에 앉아 있는 엄마의 삶이 갑자기 크게 다가왔다. 두 분 모두 사회적으로 성공하고 대단한 업적을 남긴 건 아니다. 하지만 주어진 삶을 최선을 다해 묵묵히 충실하게 잘 살아 내셨다.

'내가 지금 잘 살 수 있는 이유는 어른들이 있었기 때문이구나' 하는 생각이 들었다. 마음이 벅차올랐다.

어렸기에 단순히 '할머니는 정신병이 와서 안 계셨고, 아빠는 혼자 어려서부터 외롭고 힘들고 불쌍하게 자랐어. 그러니 그럴 만해'라고 억지로 이해하려고 노력했다.

내 나이 마흔넷, 난 그때 아빠 나이가 되었다. 이제야 힘들어하고 방황하던 아빠의 마음을 조금 이해할 수 있을 것 같다.

'그때 아빠 혼자 참 외로웠겠다. 그래도 나는 엄마 아빠가 아직 옆에 계셔서 정말 다행이야.'

나이가 들면서 '진짜 마음'이 되어 간다. 삶을 살아낼수록 이해하는 마음이 조금씩 커지며 부모님께 감사하는 마음이 저절로 일어난다.

그냥 해, 다 너한테 좋아

"엄마 졸려요."

"응, 그러면 하늘을 봐. 잠이 깰 거야."

5월 6일 새벽 2시, 초등학교 2학년이던 나는 엄마와 산수 공부를 하고 있었다. 며칠 뒤 시험이 있었기 때문에 어린이날이지만 새벽까지 공부해야 했다. 너무 졸렸지만 아파트 복도에서 창문을 열고 하늘을 쳐다봐야 했다. 졸음이 몰려와도 참아야 했다. 엄마와 함께 하는 새벽 공부는 중학교 1학년 때까지 계속됐다.

초등학교 내내 두 이모와 엄마는 공부를 열심히 해야 한다고 강조했다. 공부를 왜 해야 하는지도 모르겠고, 어떻게 해야 하는지도 모르겠는데 '그냥 열심히 하면 된다'라고만 했다. 어려서부터 하던 수영도, 하고 싶은 무용도, 공부에 방해된다는 이유로 할 수 없었다. 하지만 나는 공부에 관심이 없었다.

"엄마, 나 여상(여자상업고등학교)에 가고 싶어요. 대학 가기 싫어요."
"무슨 말도 안 되는 소리야."

어른들은 무조건 대학에 가야 한다고 했다. 내가 왜 거기에 가고 싶어 하는지 묻지는 않고 단순히 학교에서 이상한 친구들과 어울려서 그렇다고만 생각하셨다. 아무도 내 말을 듣지 않았다. 반항 한 번 못 하고 어른들의 생각대로 인문계 고등학교에 진학해 대학에 가기 위한 준비를 해야 했다. 정말 하고 싶은 것이 있었으면 강하게 우기며 원하는 것을 말했을 텐데 딱히 좋아하는 것이 뭔지, 뭘 하고 싶은지 알지 못했다.

인문계 고등학교 입학 후, 본격적으로 방황이 시작되었다. 목표가 뚜렷하고 자신이 좋아하는 것이 무엇인지 알고 공부하는 친구들이 부러웠다. 조기 교육이 잘된 편이라 고2까진 성적이 그럭저럭 나왔지만, 고3을 앞두고 성적이 말도 안 되게 떨어졌다. 목표도 없었다.

그림을 좋아해 미술을 해 보고 싶다고 했지만, 미래가 확실하지 않다며 가족들이 반대했다. 특별하게 잘하는 게 아니어서 나도 금방 포기했다. 첼로도 연주해 보고 싶고, 사진도 배워 보고 싶다고 했지만, 그걸로 먹고살 계획이 아니면 시작도 하지 말라고 했다. 그나마 작은이모가 작곡을 해 보라고 권해서 시작했지만 의욕이 생기지 않아 몇 달 하다가 그만두었다.

대학 전공은 점수에 맞췄다. 수학을 좋아해서 잘했고 미술도 하고 싶어서 선택한 전공이 건축공학이었다. 만들기도 하고, 그리기도 하고, 계산도 해야 하는 등 그나마 내가 좋아하고 잘하는 것들의 조합이었다. 중간 정도의 적당한 성적으로 학교를 졸업하고 상경해 취업했다. 하지만 직장생활은 즐겁지 않았다.

삶에 대한 방황으로 많은 시행착오를 겪었다. 매번 꿈을 바꿔 가며 살아야 했다. 주변 사람들 말을 듣고 이것저것 하다 보니 방황하는 시간이 더 길었다. 어른들이 이거 해 봐라 하면 그걸 했고, 저걸 해 봐라 하면 또 해 봤다. 그래서 나이 서른이 되어서도 내가 뭘 좋아하는지, 뭘 잘하는지, 뭘 위해 살아야 하는지 잘 몰랐다.

가족들과 멀리 떨어져 살면서 30대 후반에야 좋아하는 걸 직접 찾아다녔다. 그제야 뭐든 다 해 봐야겠다는 생각을 처음 했다.

'일단 하고 싶은 것을 다 해 보자. 그러다 보면 좋아하는 것, 잘하는 것, 내 가슴을 뛰게 하는 것을 찾을 수 있지 않을까?'

그래서 시작했다. 어려서부터 하고 싶었지만 어른들의 반대로 할 수 없었던 것들을.

일주일 동안 오락만 하기

한 달 동안 질릴 때까지 만화책 보기

사진 찍는 거 배우기

비누 만드는 거 배우기

화장품 만드는 거 배우기

케이크 만드는 거 배우기

제과제빵 학원 다니기

커피 만드는 거 배우기

일본 동경제과학교에 연수 가기

아로마테라피 배우기

사찰 음식 배우기

간장, 고추장 등 전통 장 만드는 거 배우기

보석돌 사서 목걸이, 팔찌 만들어 팔기

요가 지도자 자격증 따기

명상 프로그램 기획하기

상담 공부하기

내가 하고 싶은 소소한 것들을 하며 얻은 만족들, 그
런 작은 만족이 쌓이면서 하는 일에 책임감도 생기기

시작했다. 내가 원해서 시작했으니 끝까지 하고 싶었고, 결과에 대해서도 책임을 지고 싶었다. 남들 얘기만 듣고 했던 일에서는 찾을 수 없던 감정이었다.

어른들은 걱정이 되어서, 나를 생각하는 마음에서 그랬다고 하지만 나는 그들이 바라는 일에서는 만족감과 성취감을 느낄 수 없었다. 항상 어떤 큰 목표만을 향해 살았다. 남들이 보기에 아주 그럴싸해 보이는 것에서만 의미를 찾았다. 하지만 정작 마음의 안정과 기쁨은 아주 작은 것에서 얻을 수 있었다.

아주 소소한 일에서 만족감과 행복감을 느끼며 살아가고 있다. 내 가슴을 뛰게 하는 곳에서 살아 숨 쉬고 있음을 느끼며 살고 있다.

이제 엄마는 아빠가 책임지세요

"이제 더는 못 살겠다. 니네 아빠랑 못 살겠다."

갑작스러운 엄마의 전화를 받고 깜짝 놀라 잠이 깼다. 엄마는 울면서 계속 같은 말만 반복했다. 무슨 일인지 알 수 없고 어떤 상황인지 알 수 없어 더 걱정됐다. 밤새 고민하며 잠을 설쳤다. 회사에 월차를 내고 이른 아침 부산행 기차를 탔다. 그리고 엄마를 만났다.

"니네 아빠가 바람이 나서 다른 여자가 생겼어. 이제는 니네 아빠랑 도저히 못 살아."

엄마는 한참을 우셨다. 마음이 아팠다.

'어떻게 해야 하지?'

늦은 밤 집 앞 공원 벤치에서 아빠와 단둘이 이야기했다.

"아빠, 이젠 아빠가 좋아하는 사람 있으면 그분하고 행복하게 사세요. 엄마는 제가 책임질게요. 대신 나도 아빠 안 보고 살래요. 아빤 좋아하는 사람하고 행복하게 사세요."

평생 계속되는 부모님의 싸움에 나도 지쳐 있었다. 아빠는 한참 동안 가만히 생각에 빠진 모습이었다. 그리고 말씀하셨다.

"아니다. 그런 게 아니야. 니네 엄마가 오해한 거야. 걱정 말고 서울 가서 네 일 열심히 하거라. 아무 일 없을 거야."

그날 이후 한동안 조용했다. 하지만 비슷한 일이 계속 반복됐다. 엄마는 울면서 전화했고, 아빠는 아무 얘기도 없으셨다. 어떤 게 진실인지 알지 못해 헷갈렸다. 전화를 받은 날에는 밤새 걱정하느라 한숨도 제대로 잘 수 없었다.

어느 날 엄마에게서 또 전화가 왔다. 그 일로 밤새 잠을 설쳤다. 다음 날 아침, 엄마에게 확인 전화를 했다. 그런데 엄마의 기분이 너무 좋아 보였다. 전날 밤과 완전히 다른 모습이었다. 전화를 아무렇지 않게 끊었는데 갑자기 화가 나기 시작했다.

'나는 밤새 걱정하느라 잠도 못 잤는데 엄마는 아무렇지 않네? 이 상황은 뭐지? 도대체 나는 밤새도록 뭘 한 거지?'

몇 달 동안 걱정하느라 잠도 못 자고 지낸 시간이 허무했다. 온종일 생각이 많았다.

'아! 엄마는 아빠가 조금만 잘해 주면 저렇게 기분이

금방 풀리는구나.'

그날 이후 엄마의 전화는 여전했지만 더는 잠을 설치지 않았다. 가끔 바쁘다는 핑계로 전화를 피하기도 했다. 비슷한 일이 반복되어도 부산에 내려가지 않았다.

어려서부터 부모님 싸우는 모습을 너무 자주 목격했다. 왜 같이 사는지 이해가 되지 않았다. 이 문제를 놓고 개인 상담도 받았다. 선생님은 부모님에 대해 받아들이기 힘들고 이해하기 어려운 것을 많이 말씀하셨다.

'부모님의 모습을 있는 그대로 바라봐라.'
'너는 온전히 부모님의 사랑받으며 잘 자랐다.'
'엄마의 삶을 존중해라.'
'아빠의 삶을 존중해라.'
'부모님 사이에 절대 끼어들지 마라.'
'부모님 일에 간섭하지 마라.'
'부모님 아래로 내려와 자식의 자리에 있어라.'
'겸손해라. 부모님은 네게 가장 큰 존재다.'

그때까지 부모님의 삶을 있는 그대로 존경할 수 없었다. 너무 오랫동안 부모님 사이에 일어나는 몰라도 되는 많은 일을 알고 살았다. 내가 해결하지도 못 할 일을 끌어안고 걱정하고 힘들어했다. 그렇게 살다 보니 어느새 부모님의 머리 위에서 나의 잣대로 두 분을 바라보고 있었다.

상담을 받으며 부모님을 다른 눈으로 바라보기 시작했다. 내 생각과 관점을 하나씩 바꿔 나갔다. 관점이 바뀌면서 점점 가족들에게 시달리지 않았다. 더는 부모님 싸움에 끼지 않는다. 이제는 부모님의 삶에서 자유로워졌다.

엄마의 전화는 요즘도 여전하지만 이제 내 마음은 편안하다.

'밥' 먹는 게 이렇게 편한 거예요?

"혹시 저랑 밥 먹는 거 불편하세요?"

요가원에서 친해진 선생님과 단둘이 식사하는 자리였다. 맛있게 잘 먹고 있는데 선생님이 조심스럽게 말씀하셨다.

"네? 아뇨, 편한데요. 왜요?"
"전에도 물어보고 싶었는데 저랑 밥 먹는 게 불편하신 거 같아서요. 혹시 제가 뭘 불편하게 하나 했어요. 아니면 다행이에요."

말을 마치고 방긋 미소 짓는 선생님과 달리 나는 내심 충격에 빠졌다. 아무렇지 않다고 대답했지만 계속 신경이 쓰였다.

식사 자리에서 있었던 일을 혼자 고민하다가 상담 선생님에게 여쭤봤다.

"선생님, 제가 밥 먹을 때 불편해 보이나요?"
"그래, 나도 그렇게 느낀 적 있어."
"네? 제가요? 아닌데. 왜 다들 그렇게 느끼는 걸까요?"

선생님은 내 질문과 관련해 숙제를 내주셨다. 다른 사람들과 밥 먹을 때와 혼자 밥 먹을 때 마음이 어떻게 다른지 느끼고 관찰해 보라고 하셨다. 그때부터 먹을 때마다 내 느낌, 감정, 기분, 마음이 어떤지 관찰했다. 그리고 먹는 습관도 함께 살펴보았다.

솔직히 나는 먹는 것이 어려운 사람이었다. 참으며 굶다가 스트레스를 받으면 폭식하기를 반복했다. 생각해 보면 먹는 것과 관련해 상처가 많았다.

엄마는 항상 살쪘다고, 먹지 말라고 잔소리했다.

명절이 다가오면 고향에 가야 하니 살을 빼기 위해 급하게 굶어야 했다.

식구들의 인사는 언제나 '살쪘네!' 아니면 '살 빠졌네!'였다.

사람들과 음식을 먹는 건 불편한 일이었다.

그러다 보니 다른 사람들과 먹을 때와 혼자 먹을 때가 정말 많이 달랐다. 특히 사람이 많거나 나보고 살 빼라고 말하는 사람이 있으면 음식을 제대로 먹지 못했다. 특히 엄마의 눈치를 많이 봤다.

내 마음이 불편하니 같이 먹는 사람들도 불편할 수 있겠다는 생각이 들었다. 혼자 먹을 때는 마음이 정말 편해 위장이 찢어지도록 마음껏 먹었다. 그리고 다른 사람들과 함께 먹을 때는 훨씬 덜 먹었다. 분명히 먹는 것에 장애가 있었다.

상담 선생님이 말씀하셨다.

"먹을 때 불편한 마음을 잘 관찰하면 점점 편안해질 거야. 그러니 좀 더 깊이 잘 관찰해 봐."

하지만 먹는 것에 대한 마음은 생각처럼 쉽게 편해지지 않았다. 열심히 관찰한다고 해서 갑자기 마음이 편해지는 일은 생겨나지 않았다. 오래된 상처는 시간이 필요했다.

식이 장애를 겪고 있다는 걸 알고 1년쯤 지났을 때의 일이다. 어느 날 상담 선생님과 단둘이 함양에 있는 한옥에 하룻밤 쉬러 갔다. 산속에 있는 집이라 전날 시장에 가서 먹을 것을 샀다. 하룻밤 푹 자고 다음 날 아침이 되었다. 누룽지를 끓이고, 전날 밤에 만들어 둔 더덕무침을 내고 된장찌개를 끓였다. 직접 만든 양념장과 밭에서 금방 따 온 고추와 상추, 깻잎으로 밥상을 차렸다. 화려하지 않았지만 소박한 아침상이었다. 선생님과 함께 자리에 앉아 따뜻한 누룽지 한 입을 떠먹었다. 순간 나도 모르게 이런 말이 불쑥 나왔다.

"선생님, 누구하고 밥 먹는 게 원래 이렇게 편안한 거예요?"

"그럼."

우리는 어떤 얘기도 없이 밥을 먹었다. 몇 달쯤 지난 어느 날, 선생님께서 말씀하셨다.

"사실 그날 좀 놀랐어. '이 아이는 누구하고 먹는 것이 그동안 많이 불편했구나' 하고 생각했지. 이젠 뭐든 맘 편하게 먹으렴."

그렇게 1년이 지나고, 3년이 지나고, 5년이 지나고, 10년이 흘렀다. 나는 지금 누구와 함께 있어도 뭐든 정말 잘 먹는 사람이 되었다.

나는 지금 가짜인가? 진짜인가?

"이거 편지니까 담임 선생님 갔다 드려. 절대 열어 보면 안 된다."

초등학교 2학년 때 엄마가 편지 봉투를 주면서 말씀하셨다. 학교 가는 길, 봉투에 어떤 내용의 편지가 들었는지 궁금해 열어 봤다. 그런데 거기에는 편지가 아닌 돈이 들어 있었다. 나는 엄마가 돈을 잘못 넣었다고 생각하고는 선생님께 드리지 않고 도로 집으로 가져갔다.

"엄마, 돈이 들어 있어서 다시 가져왔어요. 잘못 주셨어요."

칭찬받으리라 기대하며 엄마에게 당당하게 봉투를 내밀었다. 하지만 내 말이 떨어지기가 무섭게 엄마는 큰 소리로 화를 내셨다.

"너 엄마가 열어 보지 말랬지. 왜 열어 봤어? 어? 어?"

그날 나는 뭘 잘못했는지도 모른 채 벌을 섰다. 왜 혼나는지 이유를 알 수 없어 억울했다. 하지만 울지 않았다. 울면 더 혼나니까. 그때부터였던 것 같다. '솔직히 말하면 혼나는구나'라고 생각하게 됐다.

이후 혼나지 않기 위해 어른들의 눈치를 살폈다. 거짓말도 곧잘 했다. 바르고 정직하게 행동하기보다는 만나는 사람들의 기분에 맞춰 행동하는 사람이 됐다. 여러 사람이 돌봐 주던 나는 시시각각 변하는 그들의 기분에 따라야 생존할 수 있었다. 그러면서 내 진짜 마음이나 행동이 아닌 가짜 말과 가짜 행동을 진짜라고 착각하며 살게 되었다.

"가짜 금이 더 화려하고 반짝반짝 빛난다. 진짜는 드

러내지 않고 저절로 발견된다. 스스로 빛이 날 때까지, 진짜가 될 때까지 기다려라."

명상 수업 시간에 이 말을 듣고 머리를 한 대 맞은 것 같았다. 그 순간 나는 나에게 물었다.

'가짜가 더 요란하고 화려하다?'

그럼 나는 진짜인가? 가짜인가?
가짜는 어떤 게 가짜일까?
진짜와 가짜에 대해 곰곰이 생각해 봤다.

가짜는 화려하다.   *진짜는 소박하다.*
가짜는 빛난다.   *진짜는 빛이 서서히 난다.*
가짜는 요란하다.   *진짜는 조용하다.*
가짜는 말이 많다.   *진짜는 침묵한다.*

가짜는 열심히 하는 척을 한다.　　진짜는 열심히 한다.

가짜는 숨기려고 한다.　　　　　　진짜는 있는 그대로의

　　　　　　　　　　　　　　　　모습을 보여 준다.

가짜는 거짓말한다.　　　　　　　진짜는 솔직하다.

나의 모습은 진짜인가? 가짜인가?

나의 말은 어떻지? 행동은? 마음은?

　고백하건대 그때까지 내게는 가짜가 많았다. 잘 보이기 위해, 혹은 남에게 보이기 싫은 내 모습을 숨기기 위해…. 나의 모습엔 가짜가 대부분이었다. 좋은 사람인 척, 착한 사람인 척, 대단한 사람인 척, 잘난 사람인 척, 많이 아는 척, 많이 가진 척, 겉으로 보이는 모습을 치장하느라 나도 모르게 가짜로 살고 있었다. 그러다가 지치는 날에는 아무도 만나지 않고 혼자만의 세계에 빠져들었다.

　그런 격차가 심해질수록 나는 세상으로부터 사람들

로부터 점점 고립되었고, 우울증도 심해졌다. 나의 '가짜들'을 알아차릴수록 진짜가 되기 위해 버릴 것이 많아졌다.

수업을 들은 후부터 하나씩 하나씩 가짜를 진짜로 바꿔 나가기 시작했다. 가장 먼저 있는 척, 아는 척, 좋은 사람인 척 등 '척하기'를 그만뒀다. 처음에는 내가 점점 작아지고 초라해지는 것 같아 어색했다. 하지만 하나씩 가짜를 버릴수록 애쓰는 수고가 없어졌다. 점점 마음이 편해지고 조금씩 가벼워졌다. 하루아침에 모두 바꿀 수는 없었지만 내 안에 '나만 아는 가짜들'을 버려 갔다. 그리고 조금씩 변해 가는 것을 느꼈다.

지금도 가짜인 '나'를 버리고 진짜인 '나'가 되어 가고 있다.

수면제를 하나씩 모았다

명상을 하고 공부도 많이 했지만 하루아침에 바뀌지는 않았다. 혼자 달라지려고 애쓰다가 힘들거나 해결하기 힘든 일이 생길 때면 상담을 받았다. 그리고 상담받으면서 지금까지 살아온 삶과 전혀 다르게 살아야 마음 편히 살게 된다는 것을 알게 되었다. 나는 삶을 대하는 자세부터 새로 배워야 했다.

정말 열심히 노력해 반드시 해내고자 하는 의지가 강했던 나는 상담 선생님에게 배운 대로 정말 열심히 했다. 하지만 그때마다 선생님의 답은 단호했다.

"너는 아직도 머리로 하는구나. 마음으로 해. 진심으로 해. 진짜가 되어야 해."

열심히 해도 돌아오는 답은 똑같았다. 나는 점점 지쳐 갔다.

'도대체 어떻게 하란 말이지?'

칭찬은커녕 혼나지 않고 지나가면 다행이었다. 그러기를 5년, 똑같은 소리를 듣는 게 지겨워졌다. 선생님의 가르침은 이론으로 다 배웠다. 하지만 늘 똑같은 꾸중이 반복되었다. 선생님의 말씀은 어느새 귀에 박힌 잔소리가 되어 가고 있었다.

'현자들 책 속의 말은 오히려 너무나 쉬웠다.
아는 것을 행동으로 옮기기는 너무나 어려웠다.'

처음에는 가르치는 대로 삶을 사는 선생님처럼 되고 싶었다. 하지만 공부를 하면 할수록 배운 대로 사는 것이 말처럼 쉽지 않다는 것을 알았다. 잠시 흉내 낼 수는 있어도 진짜가 되기는 어려웠다.

예의 바르게 행동할 수 있었지만 온 마음을 다해 모

든 사람에게 진심으로 고개 숙이는 겸손은 너무 어려웠다. 옆에서 남의 인생에 훈수 두는 것은 쉬웠다. 하지만 입 다물고 올바른 행동을 하나하나 실천하며 진짜가 되는 것은 너무 어려웠다. 나의 근본을 모두 바꾸는 것은 힘들고 험한 길이었다. 결국 많은 실랑이 끝에 '나 자신의 변성'보다 '포기'를 선택했다.

다시 우울감이 찾아왔다. 목표가 사라지고 미래에 대한 확신도 없었다. 불안해지기 시작했다. 두려움이 밀려왔다. 하던 일을 모두 그만두고 다른 삶을 살겠다며 열심히 했다. 하지만 이내 한계에 부딪혀 포기하고 제자리로 돌아가고 있는 것 같았다.

자포자기하는 심정으로 부산 고향 집에 한 달간 머무를 때였다. 하는 일 없이 시간을 보내고 있었다. 부모님은 변함없이 밤낮으로 치열하게 싸우셨다. 삶의 모든 것이 초라하고 아무것도 아닌 듯 느껴졌다. 열심히 명상하고 열정적으로 마음공부를 했지만 내 주변에 변한 것은 하나도 없었다. 나도 변한 것이 없었다. 깊은 어둠이 다시 내 마음속에 자리 잡고 있었다. 며칠 동안 방안에 틀어박혀 밖으로 나오지 않았다.

하루는 비가 왔다. 가슴이 답답해 밖에 나왔지만 딱히 갈 곳이 없었다.

'이젠 방법이 없구나. 뭘 해도 안 되니…. 이젠 정말 죽어야겠다.'

가까운 내과를 찾았다. 불면증을 호소하고 수면제를 처방받았다. 그날 몇 군데 병원을 돌며 수면제를 샀다. 추적추적 내리는 빗속에서 수면제통을 들고 약국 앞 건널목에 서 있을 때였다. 순간 생각 하나가 머리를 스쳤다.

'죽고 싶을 때마다 이렇게 수면제를 사자. 죽을 수 있을 만큼 수면제가 모였을 때, 그때도 죽고 싶다면 그때 죽자. 대신 수면제를 모으다가 살아야 할 이유가 생기면 살자. 그러다가 죽고 싶다고 얘기하는 사람을 만나면 이 수면제들을 보여 주자. 그리고 이렇게 말하자. '나도 당신처럼 그랬어요'라고.'

그날 이후로도 수면제를 몇 번 더 샀다. 그렇게 서랍 속에 수면제를 하나씩 모았다.

몇 년이 지났다. 이사를 위해 짐을 정리하다가 서랍 속에서 수면제통을 발견했다. 한동안 까맣게 잊고 있었다. 그날의 기억이 잠시 떠올랐다. 비 오는 그날 이후에도 몇 차례 죽으려고 했다. 하지만 바쁘고 힘든 일들이 생겨 이내 잊어버렸다.

요즘도 가끔 나에게 묻는다.

'아직 살고 싶나?'

'응'이라고 시원하게 대답하지 못할 때가 있다.

힘든 일이 있을 때마다 '못 살겠다. 에잇, 차라리 죽어 버리자' 하는 생각이 떠오른다. 그러면 일부러 '감사합니다. 감사합니다. 감사합니다'라고 생각하며 긍정적인 힘을 끌어올린다.

'죽고 싶어?'라는 질문에
'아직은 아니야'라고 답할 때면
그냥 그것 또한 허용하기로 했다.

어쩌면 살아야 할 거창한 이유를 찾은 게 아니라, 하루하루 '그날 살아야 할 이유'가 생겼는지도 모른다. 살아갈 이유는 멀리 있는 게 아니었다.

오늘, 아니 지금 나에게 주어진 일에 집중하다 보면 그 안에서 살아갈 작은 이유 하나를 발견한다. 그리고 그 작은 발견을 붙잡고 가다 보면 살아야 할 이유를 매일 만나게 된다.

한참 걸어가다가 뒤돌아보니 꽤 많이 와 있다.

수면제통을 다시 서랍에 넣어 뒀다.
그.리.고
나는 아직 살아 있다.

나를 키워 준 엄마들

나는 엄마가 다섯이다.

낳아 주신 엄마,

어렸을 때 돌봐 주던 이모들,

어른으로 바르게 성장하도록 도와주신 상담 선생님.

엄마는 스물여섯 살에 나를 낳고 1년간 정성껏 키워 주셨다. 너무 어릴 때라 엄마에 대한 기억이 거의 없다. 엄마는 내가 한 살이 되고 동생이 백일 되던 날부터 시장에 일하러 나가셨다. 아빠 회사가 부도나면서 생활이 어려워지자 시장통에 혼자 돈을 벌러 가셨다. 장사를 해 본 적 없던 엄마는 손님들과 실랑이하며 하루하루를 힘겹게 보내셨다. 처음 장사할 때는 너무 막막해서 어떻게 해야 할지 몰랐다고 했다. 그렇게 엄마는 매일매일 하루도 쉬지 않고 돈을 벌러 나가셨다. 엄마는 어려서부터 소녀 가장이었다. 친정은 살림이 어려웠고 돌봐야 할 동생도 많았다. 그래서 나와 동생까지 돌보기 힘들어했다. 엄마는 좀처럼 마음에 여유가 없었다.

나에겐 이모가 셋 있다. 두 명은 엄마의 친동생, 한 명은 엄마의 사촌 동생이다. 당시 이모들은 모두 미혼으로, 이십대 아가씨였다. 이모들은 어렸고 우리는 더 어렸다. 나는 눈치 보며 매달려야 했고, 누군가 집 밖으로 나가는 것을 견디지 못했다. 엄마 아빠는 붙잡지 않으면서 이모들의 바짓가랑이는 항상 물고 늘어지며 울며 보챘다.

아기 때, 유치원 때, 초등학교 때, 중고등학교 때, 대학 졸업식까지 이모들이 엄마 아빠의 빈자리를 채워 줬다. 나는 외롭고 힘들 때면 항상 이모들을 찾았다. 때론 엄하게, 때론 친구처럼 이모들은 동생과 나를 지켜 줬다. 하지만 엄마가 되기엔 다들 너무 어린 나이였다.

성인이 되어 혼자 살기 시작하면서 참 많이 방황했다. 죽으려고도 했다. 삶의 의미를 찾지 못한 채 벼랑 끝에 서 있다고 느꼈을 때 상담 선생님을 만났다. 선생님은 날개 꺾인 새를 품듯 나를 품어 주셨다. 처음 선생님에게 상담받은 다음 날 아침 눈을 떴을 때 '아! 나이거 해야겠다!' 하고 처음 결심했다. 그날 이후 선생님에게 '잘 사는 방법'을 하나하나 배웠다.

제일 먼저 배운 건 '집 청소'였다. 내가 상담할 수 있는 공간을 마련하기 위해 살고 있던 오피스텔의 방 하나를 치워야 했다. 방을 둘러보시던 선생님이 한마디 하셨다.

"집을 치우면 좀 넓어 보이겠는데."

그 후 간호사 친구의 도움을 받아 집을 치우기 시작했다. 보지 않는 책 200여 권, 입지 않는 옷, 필요 없는 서류 등 쓰지 않는 물건을 정리했다. 처음에는 아쉬움

이 남아 버리기 힘들었지만, 하나씩 버리다 보니 점점
쉬워졌다.

다음 숙제는 직접 밥을 해서 먹는 것이었다.

사 먹는 게 쉬웠다. 사 먹는 게 돈이 덜 들었다. 그래
서 손님이 와도 항상 음식을 사 먹었다. 선생님이 말씀
하셨다.

"우리 밥 해 먹자."

선생님과 함께 장을 보고 직접 밥을 지어서 먹었다.
돈이 많이 들고 번거로운데다가 시간도 오래 걸렸지만,
누군가와 함께 밥을 짓고 요리해 먹는 일이 좋았다. 처
음이었다.

한 달에 몇 차례 상담 선생님 댁에 가서 살림하는 방
법을 보고 배웠다. 음식 만드는 방법, 청소하는 방법,
빨래하는 방법, 정리하는 방법, 손님 접대하는 방법까

지 집에서 소소하게 생활하고 알뜰하게 살림하는 법을 배우고 터득해 갔다. 때론 귀찮고 번거로웠을 텐데도 선생님은 하나하나 가르쳐 주셨다. 잘못할 때는 야단치기보다 차근차근 알려 주셨고, 사고쳤을 때도 조용히 옆에서 잘못된 걸 가르쳐 주며 같이 치워 주셨다. 엄마와 함께 생활하면서 배워야 할 것을 선생님을 통해 보고 배웠다. 행복했다. 참 감사했다.

'엄마는 이 세상에 나를 낳아 주신 고마우신 분이다.'

'이모들은 어린 시절 삐뚤어지지 않고 외롭지 않게 자라도록 도와주셨다.'

'상담 선생님은 사람답게 바르게 살 수 있도록 가르쳐 주셨다.'

항상 혼자 외롭게 자랐다고 생각했다. 하지만 자세히 보면 나는 참 곱고 이쁘게 키워졌다. 자라는 동안 나를 키워 준 모든 엄마를 미워하고, 원망하고, 싫어하기도 했다. 하지만 오늘의 나를 이 자리에 있게 해 준 것은 모두 엄마들의 사랑이었다는 걸 이제야 조금 알겠다.

지금까지 엄마의 빈자리를 다른 엄마들이 항상 채워 줬다. 이제는 그렇게 받은 사랑, 배운 사랑을 세상에 돌려주며 살고자 한다.

오늘 나의 모든 엄마에게 '고맙습니다'라고 마음을 전한다.

아빠, 엄마, 나 서로 돌아가며 왕따하기

"제발 좀 조용히 해 주세요. 네?"

"그럴 거면 1인실로 가요. 나 참."

교통사고가 나서 병원에 입원했다. 6인실이 불편해 결국 3인실로 옮겼다. 첫날은 혼자 지낼 수 있어 좋았는데, 다음 날 중년 여성 환자 두 명이 입실했다. 맨 마지막에 들어온 환자는 바로 내 옆자리였는데 행동 하나하나가 거칠고 소란스러웠다. 사고로 몸이 아파 예민해진 탓에 평소라면 그냥 넘어갈 소음이 더욱 크게 들렸다. 나는 점점 더 예민해졌다. 하루를 참았지만 갈수록 소음이 심해지자 욱하는 마음에 '조용히 해 주세요!'라고 언성을 높였다. 옆자리 환자는 간호사를 호출하고, 다른 환자까지 포섭해 더 난리를 쳤다. 오히려 나를 예민한 사람으로 몰아갔다. 그러고는 보란 듯이 더욱더 시끄럽게 행동했다. 나는 점점 더 화가 났다. 더는 참을 수 없어 큰 소리로 말했다.

"좀 조용히 하시라고요. 네? 혼자 지내는 곳도 아닌데 왜 그렇게 소란스러우세요?"

화를 냈지만 달라지는 것은 없었다.

상담 선생님이 항상 말씀하셨다.

"너를 괴롭게 하고 힘들게 하는 사람은 너의 내면을 들여다보게 해 주는 천사야."

상대들을 바꿀 수 없으니 나는 계속 내 안에서 올라오는 감정들을 들여다볼 수밖에 없었다.

'아니 이 상황에서 뭘 보라는 거야? 몸도 아파서 짜

증 나 죽겠는데. 쉬지도 못하고 이게 뭐야…'

'도대체 내 안에 뭐가 있다는 거야? 뭘 보라고 이런 사람들을 만난 거지?'

속이 시끄러운 탓에 며칠은 짜증이 나서 내면을 깊이 들여다볼 수 없었다. 하지만 할 일도 없고 달리 방법이 없어 가만히 누워서 생각에 빠졌다. 늦은 밤, 혼자 이런 저런 생각을 하고 있는데 문득 이 상황이 참 익숙하다는 느낌이 들었다.

'어디서 봤더라? 굉장히 낯익은데…'
'아! 엄마, 아빠, 나의 관계를 보라는 건가?'

어렸을 때 나는 엄마와 한편이었다. 마음공부를 시작하고 엄마와 관계가 좋지 않을 때는 아빠와 한편이었다. 그리고 지금은 엄마와 아빠가 한편이다. 우리 세 사람의 관계에서는 항상 누군가가 소외되고 배척되고 외면되었다. 그러니까 서로 화합할 수 없는 관계였다.

어릴 때 내 눈에 엄마는 항상 피해자였고 약자였다. 그런 엄마를 지키고 보호해야 했다. 반대로 아빠는 적이었다. 사춘기가 한창일 때는 아빠를 미워하는 마음에 대화도 하지 않았고, 반항심은 점점 심해졌다. 자기 역할을 하지 않으면서 권위만 내세우는 '독재자' 같은 아빠가 싫었다. 이런 아빠에 대한 강한 거부감은 사회생활을 시작하면서 남자 상사들과 사사건건 부딪치는 결과를 낳았다. 남자는 모두 무능력하고 권위적이라고 생각했기 때문에 그들은 나에게 무시의 대상이었다.

하지만 서른이 넘어 마음공부를 시작하면서 관점에 큰 변화가 생겼다. 그동안 엄마 아빠의 관계를 잘 보지 못하고 있었다는 것을 알게 되었다. 그때까지만 해도 엄마는 피해자였고, 아빠는 독재자였다. 그러나 자세히 들여다보니 내가 아는 아빠는 '엄마의 말'에 의해 만들어진 아빠였다.

그렇게 상담을 통해 엄마와 아빠를 다시 바라보게 되

었다. 그동안 아빠를 참 많이 오해하고 있었다는 걸 깨닫고 많이 울었다. 죄송했다. 그러면서 아빠를 다시 보게 되었다. 그때부터 아빠와 한편이 되었고, 엄마는 적이 되었다.

항상 고분고분 말을 잘 듣고, 사고도 안 치고, 조용하고, 착했던 딸이 마흔을 앞두고 너무 솔직해지고, 반항하고, 거칠어졌다. 부모님은 그런 나를 어떻게 받아들여야 할지 몰라 애써 외면하셨다. 착했던 딸이 천덕꾸러기로 변한 모습이 마음에 안 들었는지 부모님은 같은 편이 되었고, 나는 '왕따'가 되었다.

"10대 때 겪을 사춘기를 지금 앓고 있는 거예요."

아무리 설명해도 이해하려고 하지 않으셨다.

그때 병원에서 깨달았다.

'우리 가족은 화합이 잘되지 않았구나. 서로 이해하고 받아들이려고 하지 않는구나. 내 마음에 들면 같은 편이고, 마음에 들지 않으면 적으로 생각했구나. 그래서 항상 마음이 맞는 두 사람이 한편이 되어 남은 한 사람을 나쁘게 만들고 비난하는구나.'

'존경할 만한 행동을 보여 줘야 존경하지'라며 부모님을 원망하기도 했다. 팔짱 끼고 부모님을 바라보며 '어디 당신들은 잘하나 두고 보자' 하고 비난하기 바빴다.

'그럼 나는 잘했던가? 나는 정말 잘 살았던가? 내 마음은 진심이고, 순수했던가?'

아니었다. 나는 한 번도 부모님을 진심으로 존경하고 존중한 적이 없었다. 때론 엄마 눈으로, 때론 아빠의 생각으로 상대를 바라봤다. 능력 없다고, 괴롭혔다고 항상 내 마음의 도마 위에 두고 난도질했다.

생각이 거기까지 다다른 그날 밤.

나는 마음 깊이 진심으로 참회하며 많이 울었다.

병실은 아주 조용했다.

걷고 싶다, 먹고 싶다, 다시 살고 싶다

우울증이 심하다는 어떤 분이 상담하러 오셨다. 따뜻한 차 한 잔을 냈다. 그녀는 조용히 차를 마시며 아무 말도 하지 않았다. 먼저 이야기를 꺼낼 때까지 조용히 기다렸다.

"선생님, 저는 이제 아무것도 할 수가 없어요. 더 살아야 할 이유를 모르겠어요. 자다가 아침에 일어나는 게 너무 싫어서 밤에 잠을 잘 수 없어요. 죽는 것도 너무 무서워요. 어떻게 하죠?"

20대, 그녀는 자신의 답답함을 한 번에 쏟아 내며 아이처럼 엉엉 울었다. 마치 10년 전 내 모습을 거울로 보는 듯했다. 나를 바라보듯 우는 그녀를 지그시 바라봤다. 그녀는 한동안 서럽게 울었다. 지금은 어떤 말도 위로가 될 것 같지 않았다. 한참을 기다렸다가 울음이 잦아들 때쯤 물었다.

"지금은 어떠세요?"

"조금 후련해요."

"그럼 우리 좀 걸을까요?"

상담실 10분 거리에 한강이 있었다. 아무 말 없이 강바람을 맞으며 걸었다. 한참을 걷다가 노을이 보이는 벤치에 앉았다.

"기분이 좀 어때요?"

"선생님이 왜 걷자고 하셨는지 조금 알 것 같아요. 맞는지 모르겠지만 실컷 울고 말없이 걷다 보니 지금은 아무 생각도 안 나요. 후련해졌어요. 뭔가 마음이 가벼워졌어요."

"저도 그럴 때 많았어요."

그녀에게 내 이야기를 들려줬다. 얼마 전 혼자 감당

하기 힘든 일을 잘 넘겼던 경험담이었다.

　아무에게도 말할 수 없이 혼자 해결해야 하는 일이었다. 나 자신이 바보 같고 무능력해 보여 견딜 수 없었다. 하지만 할 수 있는 일이 없었다. 점점 아무것도 하기 싫어 먹고 잠자기만을 반복했다. 일주일 넘게 그렇게 지내다 보니 우울한 그림자가 아무것도 할 수 없게끔 서서히 나를 잡아먹었다. 답답했다.

　그러던 어느 날 아침 눈을 떴는데 순간적으로 반복되는 우울함에서 벗어나야겠다는 생각이 들었다. 그길로 운동화를 신고 밖으로 나와 걸었다. 무작정 걸었는데 4km를 걸었다. 다음 날 아침에도 일어나자마자 밖으로 나와 걷기 시작했다. 그날은 6km를 걸었다. 매일 적게는 5km, 많게는 14km를 걸었다. 날씨가 점점 더워졌지만 계속 걸었다. 햇빛이 강한 여름이 시작되면서 모자도 장만했다. 발가락에 물집이 잡히길래 발가락 양말도 샀다. 걷기를 멈출 수 없었다.

한 달을 무작정 걸었다. 걷다 보니 헤어날 수 없을 것 같던 큰 걱정거리에서 조금씩 멀어지고 있었다. 목적지가 있는 날에는 일찍 길을 나섰다. 걸으면서 유명한 강사들의 강의도 들었다. 강의를 들으며 울기도 하고, 웃기도 했다. 날씨 좋은 날에는 한강 주변을 걸으며 음악을 들었다. 비 오는 날에도 우산을 챙겨 나섰다. 시원한 바람이 반가울 때는 벤치에 앉아 사람들의 소리를 들었다. 걷기 시작하면서 마음에 여유가 생기니 길가에 핀 꽃도 눈에 들어오기 시작했다. 이름 모를 풀도 이뻐 보였다. 자주 다니던 길도 새롭게 보였다. 자연 속을 걷다 보니 우울함으로 꽉 차 있던 마음에 조금씩 공간이 생기기 시작했다. 그러면서 자연스럽게 걱정거리도 저 멀리 사라졌다.

지금 어디로 가고 있는지, 어디로 가야 하는지 다시 생각했다. 처음에는 머리가 복잡하고 가슴이 답답해 시작한 걷기였다. 체력도 안 되고 몸은 힘들었다. 하지만 상황을 견디는 것이 힘든 일이었기에 몸이 힘든 것은 얼마든지 버틸 수 있었다.

석 달을 매일 걸었더니 일찍 자고 일찍 일어나게 되었다. 혈색이 좋아지고 활력도 생겼다. 배가 고파지고 입맛도 돌아왔다. 먹으면 안 된다는 생각도 사라지고 뭐든 맛있게 먹었다. 걷다 보니 먹게 되고, 먹다 보니 하루하루를 건강하게 살고 있었다. 대단한 결과를 위해서 걷기를 시작한 것은 아니었다. 하지만 걸을수록 몸과 마음이 점점 되살아났다. 내 안에 많은 것이 흘러갔다. 계속 걷다 보니 어느 순간부터 나의 삶에 작은 변화가 조금씩 생겨났다.

한 달 뒤, 그녀가 밝은 목소리로 전화를 걸어 왔다.

"선생님, 저 그날부터 매일 걸었어요. 걸었더니 생각도 단순해지고 걱정거리도 많이 없어졌어요. 요즘 살도 빠지고 혈색도 좋아져서 이뻐졌다는 소리를 많이 들어요. 일도 새로 시작했어요. 살기 싫었는데, 계속 걷다 보니 하고 싶은 게 생기고 살고 싶어졌어요. 정말 고맙습니다. 힘든 일 생기면 또 상담받으러 갈게요."

그때부터 우울증이 심해 찾아오는 분들과는 긴 대화를 하지 않고 함께 걷는 날이 많아졌다. 햇빛을 느끼며 말없이 함께 걷는 게 오히려 좋은 상담일 수 있다는 것을 그날 제대로 알게 되었다.

세상에는

빵 한 조각 때문에 죽어가는 사람도 많지만,

작은 사랑도 받지 못해서 죽어가는 사람은 더 많다

- 마더 테레사 -

PART 3

마음 힐러가 되다

오늘 잘 이별해야, 내일 다시 잘 만난다

"네가 갈 때가 되었구나. 답은 네 안에 다 있으니 걱정하지 말고 이제 네 갈 길을 가거라."

상담 선생님을 만난 지 5년쯤 되었을 때 떼를 쓰며 울던 나에게 말씀하셨다. 그날 선생님을 떠났다.

항상 엄마처럼 나를 받아 주는 선생님이 편해지면서 진짜 엄마에게 못했던 투정이 날이 갈수록 늘어나던 때였다. 생각해 보면 어릴 때 엄마에게 화내고 짜증 내고 싶었던 것을 선생님에게 풀었다. 어느 날부터 나는 떼만 부리는 떼쟁이가 되어 있었다. 너무 가깝게 지낸 탓일 것이다. 당시 선생님은 나에게 스승이 아닌 엄마였다. 그건 서로에게 좋은 일이 아니었다. 하지만 그렇다고 갑자기 떠나라니, 날갯짓도 못 하는 새가 갑자기 벼랑으로 '툭' 떨어진 기분이었다.

'그래, 뭐 항상 혼자였는데. 이젠 아무도 없구나….'

못된 생각이 가장 먼저 머릿속으로 파고들었다. 야속하고 섭섭했다. 선생님은 나를 붙잡지 않으셨다.

'오늘 잘 이별해야 다시 잘 만난다고 했어. 혼자 잘 이겨내야 해.'

이젠 정말 독립해야 할 때였다. 묻고 싶은 것이 있어도 스스로 답을 찾아야 했다. 상담받고 싶어도 갈 수 없었다. 배운 것을 하나둘 삶에 적용하며 혼자 서는 힘을 키워야 했다. 상담하는 일도 더 열심히 하고, 주어진 일에 최선을 다해 집중했다.

한참 시간이 흐르고 바쁘게 지낼 때 부산에 일이 있어 내려가는 길이었다. 대구를 지날 때쯤 표지판을 보고 무작정 선생님의 명상센터로 차를 돌렸다. 갑작스러운 방문이었는데도 선생님은 반갑게 맞아 주셨다.

"밥 먹었니?"
"아니요."
"김칫국에 밥 먹자."
"네."

우리는 아무 일 없었던 것처럼 밥을 먹었다. 그리고 그동안 있었던 일을 밤새 나눴다.

그 후로 명상센터를 가끔 찾는다. 이젠 스승과 제자로 만난다. 예전만큼 자주 뵙지 못하지만 선생님은 늘 한결같은 모습이다. 나는 독립했다. 다양한 일을 하고 있고, 예전보다 바빠졌다. 예전만큼 명상센터 일을 많이 하지는 못하지만, 마음은 항상 그곳에 있다.

이별도 잘했고 독립도 잘했다.

그리고 다시 만나 잘 지낸다.

선생님과의 이별과 재회를 경험하고 난 뒤, 더는 헤어짐을 두려워하지 않게 되었다. 그리고 다시 만나는 것도 두려워하지 않게 되었다. 과거를 잘 떠나보내고 새로운 경험은 잘 맞이할 수 있게 되었다.

어제의 선생님은 여기 없다.
어제의 나도 여기 없다.

오늘, 새로운 선생님과 새로운 내가 새로운 만남을 이어 가고 있을 뿐이다.

마음이 힘들 땐 일단 밥부터 먹어

친한 친구가 집안 문제로 큰일을 겪었다. 가슴앓이가 심해 잘 챙겨 먹지도 못했다. 친구의 친정엄마는 모든 일을 제쳐 두고 한걸음에 멀리 사는 딸을 찾아오셨다. 그러고는 식음을 전폐한 딸을 억지로 일으켜 매일 아침, 점심, 저녁을 정성스럽게 준비해 먹이셨다. 먹기 싫다는 그녀의 말은 먹히지 않았다.

"힘들어도 일단 밥부터 먹어. 먹고 정신 차려야 아기 젖 주지."

친구는 그 말을 듣고 정신이 번쩍 났다. 그날 이후 친구는 목이 메 먹고 싶지 않아도 꾸역꾸역 밥을 먹었다. 엄마의 밥을 먹고 기운을 차린 후, 슬퍼할 겨를도 없이 아이를 위해 젖을 물렸다. 그때 친구의 일을 아는 지인들이 음식을 만들어 집 앞에 몰래 두고 가곤 했다. 큰일을 겪은 친구에게 조금이라도 부담 주지 않으려고 배려한 것이었다. 나도 몇 번 맛있는 걸 집 앞에 몰래 두고 왔다. 당시 친구가 겪은 일은 충격이 큰 일이라 그어떤 어설픈 위로도 도움이 되지 않았다. 그저 함께 있어 주고, 함께 맛있는 것 먹어 주는 일 외엔 할 수 있는게 없었다.

몇 년이 지나 마음에 여유가 생긴 친구가 이런 말을 했다.

"언니, 지금 보니 내 주변에 고마운 사람이 참 많더라. 나 사실 그때 아무도 만나고 싶지 않았거든. 그런데 그때마다 사람들이 어떻게 알고 몰래 집 앞에 음식을 놓고 가더라고. 엄마가 없을 땐 잘 안 먹었거든. 다들 엄마 없는 걸 어떻게 알았는지 그때마다 딱 시간 맞춰 집 앞에 따뜻한 음식이 배달되어 있었어. 신기하지? 시간이 지나 정신 차리고 보니 그게 다 사람들 마음이고 사랑이더라고. 엄마가 해 주는 밥 억지로 먹는 것도 그땐 정말 싫었는데, 그 밥 먹고 힘냈던 거 같아. 안 그랬으면 나 그때 못 견뎠을 거야."

"그래, 그때 니네 엄마 정말 대단하셨어."

"이젠 내가 사람들 밥해 주려고. 그때 배워서 이번에 몸 아픈 우리 아가씨한테 백숙 만들어 보냈어. 먹고 힘내라고. 내가 해 줄 수 있는 게 그것밖에 없더라고. 언니도 힘들 때 언제든 와. 맛있는 거 만들어 줄게, 알았지?"

그러면서 맛있는 밥을 한 상 차려 줬다. 나도 그때 여러 가지 일로 머리가 복잡하고 지쳐 있던 차였다.

"마음이 힘들 땐 일단 밥부터 먹으래, 우리 엄마가. 언니 별거 없지만 맛있게 먹어."

나에게 더는 아무것도 묻지 않고 차돌박이를 구워 주며 말했다. 친구는 예전에 사람들에게 받았던 마음과 사랑을 이제 갚으며 살 거라고 했다. 힘든 일을 겪고 많은 고비를 넘기며 진정한 엄마가 된 친구는 나보다 훨씬 더 큰 어른이 되어 있었다. 흰 쌀밥과 된장찌개를 맛있게 먹고 집에 와서 오랜만에 푹 잤다.

사회생활에 지쳐 힘들 땐 엄마 밥이 생각이 난다. 어디 가서 어떤 밥을 먹어도 엄마 밥이 제일 맛있다. 고향을 떠나 혼자 오래 살아서 그런지 지칠 땐 그냥 엄마한테 간다. 오랜만에 집에 온 딸을 보면 '왜 왔어?'라고 무심히 물으며 궁금해하시지만 난 말없이 그냥 엄마 밥만 먹고 온다. 그러면 기운이 난다. 밥이 뭐 특별한 게 있냐며 유별나다고 생각할 수 있다. 하지만 엄마 손으로 만든 밥은 항상 맛있다. 엄마 밥은 사랑이고 마음이었다는 걸 예전에는 몰랐다.

상담을 받고 며칠 선생님 댁에 머물 때였다. 편하게 쉬시던 선생님이 전화 한 통을 받은 후 갑자기 분주하게 식사 준비를 하셨다.

"선생님, 무슨 일이에요? 손님 오세요?"

"응. 아들이 조금 있으면 집에 온다네."

선생님의 아드님이 일이 있어 고향에 잠시 오는 길인데, 가족과 함께 오는 것이 아니라 혼자 내려온다고 했다. 한 상 가득 차린 저녁을 맛있게 먹었다. 참 따뜻한 밥상이었다. 한참 밥을 먹더니 선생님의 아드님이 이렇게 말했다.

"참 오랜만이다. 이렇게 편하게 엄마 밥 먹는 거."

나도 얼마 전 밥상을 차린 적이 있다. 밥상이 아니라 제사상이라고 해야 할 것 같다. 외할머니가 돌아가신 후 장례를 치르고 첫 제사 음식을 올렸다. 정성껏 만든 음식을 상에 올리고 제를 지냈다. 갑자기 마음 한곳이 아리면서 주체할 수 없는 울음이 터져 나왔다. 어릴 때 시골에 놀러 가면 외할머니는 시골에서 가장 귀했던 달걀프라이와 감자볶음을 만들어 주셨다. 할머니는 항상 최고로 맛있는 음식을 해 주셨다. 그날 제를 올리며 알았다. 돌아가신 후에야 처음으로 할머니께 음식을 해 드렸다는 걸. 너무 죄송했다.

어쩌면 우리는 '누군가의 음식'을 먹는 게 아니라 '누군가의 정성'을 먹는지도 모른다.

지치고 힘들 때는 정성스럽게 준비한 밥을 먹으면 힘이 난다. 사랑하는 사람을 생각하며 만든 음식은 사랑이다. 자식을 생각하는 엄마의 마음, 남편을 기다리는 아내의 마음, 아픈 친구를 걱정하는 친구의 마음, 손주를 사랑하는 할머니의 마음까지. 우리는 사랑을 먹고 자란다.

마음으로 낳은 백여 명의 아이

"둘라가 뭐예요?"

10년, 전 나도 그녀에게 그렇게 물었다.

요가원에서 일주일간 독일인 티처가 진행하는 '가족 세우기' 프로그램에 참여하게 되었다. 매일 오전엔 명상과 요가를 하고 오후 시간에 프로그램을 진행했다. 며칠이 지났을 때였다.

"저기 부탁이 있어요. 제가 출산할 때 둘라 해 주실 수 있을까요?"
"네? 둘라가 뭐예요?"

요가원에 다니며 얼굴만 알고 지내던 만삭의 산모가

나에게 조심스럽게 말을 걸어왔다.

"둘라는 출산 때 진통을 잘할 수 있도록 도와주는 일
이에요."
"네? 제가요? 그걸 어떻게 해요?"

난생처음 듣는 이야기에 당황했지만 흥미가 생겼다.

"며칠 전 코스 중이었어요. 좀 강한 이슈의 과정을 할
때 배가 많이 당기고 아파서 중간에 나가려고 했어요.
그런데 그때마다 선생님이 제 옆이나 앞에 서 주셨는
데, 그러면 당기던 배가 안 아프더라고요. 처음에는 우
연히 그런가 보다 했는데 몇 번 그런 걸 경험하고 부탁
드리게 됐어요."

마음공부를 시작한 후 몇몇 분이 내 손에 '치유 에너
지'가 있다고 말씀해 주셨다. 그때까지도 별로 믿지 않
았는데 둘라 일을 시작하면서 '그 말이 맞는구나!' 하

고 믿기 시작했다. 산모들이 내 손이 닿으면 덜 아프다며 자기 곁을 떠나지 못하게 했다. 또 아픈 부위를 손이 알아서 잘 찾는다고 다들 좋아했다.

며칠 후 가정 출산을 한다는 그녀 집에서 사전 모임을 했다. 모임에는 자연주의 출산 병원 원장, 자연주의 출산 다큐멘터리를 찍을 SBS 방송사 PD, 산모와 남편이 있었다. 그날 병원 원장님에게 간단한 진통 경감 마사지를 배웠다. 병원에 가서 출산과 진통에 관한 간단한 교육도 들었다. 사전 모임이 있고 3주쯤 후 갑자기 연락이 왔다.

"선생님, 아무래도 이번에 오시지 않아도 될 것 같아요. 죄송해요. 출산할 때 사람이 너무 많아서 좀 부담이 되어서요…."
"아, 네. 그러세요."

어떤 경험을 할지 기대하고 있던 터라 약간 실망스러

웠지만, 산모를 위해 참석하지 않기로 했다. 그렇게 며칠이 흐르고 어느 날, 아침에 일어나니 부재중 전화가 여러 통 와 있었다. 문자 메시지도 있었다. 둘라를 부탁했던 산모에게서 온 것이었다. 어젯밤 진통이 시작되고 도저히 혼자 못 할 것 같으니 급히 와 달라는 메시지였다. 아침 10시쯤 그녀의 집을 찾았고, 그때부터 17시간 동안 함께 진통했다.

진통하는 내내 너무 아파 힘들어하는 그녀를 위해 할 수 있는 것은 최대한 아프지 않게 곁에서 도와주는 일이었다. 허리가 아프다고 하면 허리를 눌러 주고, 배 아랫부분이 아프다고 하면 손을 대 주고, 화장실 갈 때도 함께 가고, 밥 먹을 때도 도와주고, 호흡도 함께 했다. 17시간 내내 진통이 올 때마다 그녀와 한 몸이 되어 잘 넘어갈 수 있도록 곁에서 도왔다. 그동안 내 몸이 아파 몸에 대해 공부한 것이 큰 역할을 했다. 마사지도 받아 봤고, 요가와 명상을 배웠던 터라 알고 있는 모든 방법을 동원해 그녀를 도왔다.

전날 밤 제대로 자지 못한 남편, 조산사, PD는 모두 지쳐 있었지만 잠을 충분히 잤던 나는 새벽까지 기운이 넘쳤다. 모두가 잠든 고요한 새벽 2시, 17시간 만에 아이를 만날 수 있었다. 아이의 머리가 나오는 것 같아 급히 모두를 불렀다. 조산사가 달려오고, 다른 이들도 급히 왔다. 모두 함께 아이를 맞이했다. 출산 후 그녀는 몸속 태반과 연결된 탯줄을 바로 자르지 않았다. 아이는 탯줄이 연결된 채 엄마 품에 안겼다. 나중에 알게된 사실이지만, 태반과 연결된 탯줄은 자르지 않고 저절로 떨어질 때까지 둔다고 했다. 6시간 후 태반이 엄마의 몸속에서 저절로 나왔다. 나와 그녀는 비로소 깊은 잠과 더불어 긴 휴식을 가졌다.

처음으로 해 본 간접 출산 경험은 마음속에 깊은 충만감을 안겨줬다.

'둘라(Doula)'는 고대 그리스어로 '노예'라는 의미다. 오늘날에는 출산을 돕는 여성을 지칭하는 말로 유럽,

캐나다, 뉴질랜드 등에서는 대학 과정도 있는 전문직이다. 둘라는 산모의 진통을 정신적, 감정적, 육체적으로 돌보는 출산 동반자다. 출산 중 둘라와 함께하는 산모는 여러 가지 돌봄을 통해 출산 후 만족도가 높아지고, 출산이 고통이라는 인식 또한 많이 줄어든다. 그래서 둘라를 '인간 진통제'라고 표현하기도 한다.

첫 둘라 경험이 인연이 되어 10년째 자연주의 출산 병원에서 둘라 일을 하고 있다. 시간이 맞으면 언제든 병원으로 달려갔고, 많은 산모와 함께 진통했다. 때때로 졸음을 이기기 힘든 날도 있었고, 진통 시간이 길어지면 체력의 한계를 경험하기도 했다. 기다림이 길어지는 만큼 피곤함도 쌓였지만, 아이가 나오는 순간 모든 피로는 거짓말처럼 말끔히 사라지곤 했다.

산모들은 진통 시간 내내 함께 울고 웃으며 고통의 순간을 잘 넘겼다. 잘 진행되지 않을 때는 산모와 개인적인 상담도 했다. 가벼운 이야기로 시작했는데 깊은 상처가 나오기도 했고, 그 상처들이 흘러가 마음이 풀리면 출산 과정이 빨리 진행되기도 했다. 그동안 쌓은 나의 모든 노하우를 적용하며 많은 산모의 아픔을 줄여주고자 노력했다.

함께했던 산모들은 출산 후 말할 수 없는 고마움을 눈물이나 눈빛으로 표현하곤 했다. 그리고 정말 고마워했다. 함께한 시간 동안 서로 많이 치유되기도 했다. 가장 힘들고 아픈 순간을 함께하며 힘이 되어 줄 수 있어일하는 매 순간 많은 보람을 느꼈다.

인생에서 가장 고통스러운 순간에 함께할 수 있었으니 얼마나 서로 큰 힘이 되었을까?

그동안 자연주의 출산에 대해 열심히 알렸다. 자연주의 출산의 장점과 출산 후 만족도에 대해 홍보도 하고, 출산을 앞둔 지인들에게 반강압적으로 권하기도 했다. 출산 전에는 의아해하기도 했지만, 자연주의 출산 후에는 꽤 반응이 좋았다. 작은 단체에서 강의도 하고, 요가협회에서 요가 강사들에게 자연주의 출산에 대한 수업도 진행했다. 강의나 수업 후에는 궁금한 점에 대해 질문받고 답하기도 했다. 출산에 대한 인식이 바뀌면서 수강생 중에 '저도 나중에 꼭 자연 분만을 해야겠어요'라는 분들도 생겼다.

10년 전 이 일을 시작할 때인 2012년 기준으로 1.3명이었던 출산율이 2022년 현재는 0.6명으로 절반 이상 줄었다. 자연주의 출산 병원이나 조산원도 하나둘 문을 닫고 있다. 출산이 줄어 둘라 일도 자연스럽게 줄었다. 지금은 거의 하지 못해 아이들을 만나지 못하는 것이 많이 아쉽다. 그래서 요즘은 먼 지역이라도 꼭 가야 하는 자리면 늦은 시간이든 새벽이든 한걸음에 달려간다. 그리고 아이를 만날 때마다 마음으로 말한다.

'이 세상에 잘 와 줘서 정말 고마워. 진심으로 환영해요.'
'건강히 잘 자라 행복하길 바라요.'
'세상에 자신의 소명을 잘 펼쳐 나가길 바라요.'

'소중한 순간에 함께할 수 있어 너무 기뻐요.'

함께한 모든 아이를 진심을 다해 마음으로 낳았다. 그 어느 순간에도 내 생각이나 판단, 욕심이 들어간 기도는 없었다. 오롯이 아이가 잘 자라길 바라는 마음이 전부였다.

오늘도 설레는 마음으로 기다린다. 어떤 선물 같은 아이들이 올까….

혼자가 아닌 함께

명상센터에서 단체로 음식을 할 때 일이었다. 일곱 명이 넘는 사람이 모여 함께 저녁을 준비했다. 나는 뭘 해야 할지 몰라 멍하니 서 있었다. 소파에 앉아 사람들이 음식 만드는 모습을 보고만 있었다. 다들 바쁘게 움직이며 일하는데 혼자 가만히 앉아 있는 모습을 보신 선생님이 부르셨다.

"가서 같이 저녁 준비하지 혼자 뭘 하고 있어?"
"제가 할 일이 없어 보여서요. 괜히 방해될까 봐 그냥 있었어요."
"가서 뭐라도 도와라. 그래야 빨리 끝내고 같이 밥 먹지."

일을 돕기 위해 사람들 근처로 갔지만 뭘 해야 할지 몰라 우왕좌왕하다가 물러서길 반복했다.

며칠 후, 선생님과 상담 시간에 그 일에 관해 이야기를 나누게 되었다.

"너는 혼자 하는 일은 스스로 찾아서 참 잘해. 그런데 사람들하고 있을 때는 아무것도 못 하고, 안 하려고 하더라."

"저는 사람들하고 같이 일을 잘 하는 것 같은데요?"

하지만 선생님은 계속 내가 사람들과 함께 일하는 게 안되고 있다고 말씀하셨다. 그 말을 이해할 수 없었다. 나는 누구보다 사람들하고 잘 어울린다고 생각했기 때문이다. 선생님이 말씀하셨다.

"여러 사람하고 어울려 일할 때, 네 모습이 어떤지 잘 관찰해 봐."

그날부터 나는 사람들과 함께 일할 때와 혼자 일할 때 내 모습이 어떻게 다른지 관찰하기 시작했다. 그리고 선생님이 어떻게 하시는지도 유심히 관찰했다.

우선 나는 함께 일할 때 한 번씩 튀는 말과 행동을 했다. 내가 돋보이고 싶은 마음이 컸다. 중요한 역할을 하지 못하면 차라리 그 일에서 완전히 빠졌다. 일하고 있다는 사실이 잘 드러나고 결과가 좋아야 만족하는 스타일이었다. 드러나지 않는 일은 내키지 않았다. 특히 사람들이 지켜보고 있으면 더 열심히 집중 했다.

혼자 하는 일은 언제나 자신 있었다. 어디서든 중심에 있어야 열정이 생겨났고, 같이 일하는 사람들을 내 생각대로 끌고 가려는 의도가 강했다. 머릿속에 있는 계획대로 사람들이 움직여 주지 않으면 쓸데없는 신경 전을 벌였고 마음이 불편했다. 함께 하는 일이었지만 혼자 일하는 듯한 모습이었다.

그러나 선생님은 달랐다. 함께 일할 때면 항상 보조 역할을 자청하셨다. 물건을 정리하거나 주변을 치우는 등 사람들이 일하는 데 방해가 되지 않도록 도우셨다. 중요한 일을 주도하더라도 크게 표나지 않았다. 사람들이 각자 자기 역할을 제대로 할 수 있도록 환경을 마련해 주셨다. 사람들이 놓치는 일이 없는지 전체를 관찰하고, 다 함께 일을 해내게 하셨다. 선생님은 크게 드러나지 않았지만 없으면 안 되는 중요한 역할이었다.

하루는 새벽까지 선생님과 단둘이 귤청을 만들고 있었다. 선생님이 하시던 일은 모두 끝났지만 내 일은 좀 남았다.

"선생님, 제가 마무리할 테니 먼저 들어가 주무세요."
"아니다. 네 일 하거라."
피곤해 보이셨지만 내가 일하는 동안 곁에 누워 끝날 때까지 기다려 주셨다. 그때 처음 느꼈다.

'아! 나는 항상 혼자 일하고 마무리했는데, 그냥 함께 있는 것만으로도 힘이 되는구나.'

그 일 이후 나도 누군가의 일이 마무리되지 않았으면 함께 뒷정리를 하며 곁을 지킨다.

사람들과 함께 작업하는 동안, 많은 것을 배웠다.

다른 사람과 눈 맞추고 소통하기
내 속도가 아닌 상대의 속도에 맞추기
틀린 건 빨리 인정하고 그 자리에서 수정하기
누군가 실수하더라도 지적하거나 함부로 충고하지 않기
입 다물고 해야 할 일에 집중하기
진실하고 솔직하기

혼자 일하는 게 수월했던 나는 함께 일하면서 진짜 소통하는 방법을 배울 수 있었다. 처음엔 적응하기 어려워 실수도 많이 하고 함께 일하는 사람과 오해도 많았지만, 시간이 흐르면서 자연스럽게 수월해졌다. 그리고 상대방을 더 깊이 이해하게 되었다.

어느새 나는 혼자 아닌 '함께'가 되어 가고 있었다.

나는야 결혼 전도사

"정말 좋은 사람 만나면 바로 할 거야."

아무리 내가 외쳐 봐도 사람들은 믿지 않았다. 그들 눈에 나는 '비혼주의자'였다.

"너는 혼자 씩씩하게 사는 게 더 잘 어울려."
"아니, 이렇게 괜찮은 애가 왜 결혼을 못 해?"

이렇게 사람들은 씁쓸한 위로를 했다. 말은 쉬웠다. 하지만 나에게 '결혼'은 가장 어려운 일이었다.

부모님은 항상 말씀하셨다.

"혼자 자유롭게 살아. 결혼하면 힘들어. 너 하고 싶

은 거 하면서 편하게 살아."

하지만 상담 선생님은 지난 10년 동안 부모님과 다른 얘기를 하셨다.

"빨리 결혼해라. 사람을 만나 봐야 결혼할 수 있어."

주변에 아는 분만 만나면 좋은 남자 없냐며 나를 소개하셨고, 좋은 조건이든 아니든 무조건 일단 만나게 하셨다. 그때마다 나는 항상 이유와 변명을 늘어놨다.

"이 사람은 이래서 안 돼요. 저 사람은 저래서 싫어요."

그런 말에도 선생님의 대답은 늘 한결같았다.

"네가 좋은 사람이 되면 더 좋은 사람이 네 앞에 올 거야. 그러니 항상 좋은 마음을 갖고 겸손하게 살거라."

겉으론 삐쭉거렸지만 속으로는 선생님 말씀처럼 좋은 사람 만나기를 기도했다. 그리고 좋은 사람이 되려고 노력했다.

한때 절에서 수행하며 사는 스님이 될까 잠시 고민한 적이 있었다. 친구들도 내가 산에 들어가 '머리 깎고 살 줄 알았다'고 농담하곤 했다. 그러다가 잠시 인연이 닿는 절에서 일하며 스님들의 삶을 잠시 엿볼 기회가 생겼다. 그분들의 수행 생활을 보고 알았다.

'내가 가야 할 갈 길과는 많이 다르구나.'

그때부터 여유롭던 마음이 갑자기 급해졌다. 수행자의 삶이 아니라면 결혼해야 하는데, 정신 차리고 보니 결혼하기에는 나이가 너무 많다는 걸 깨달은 것이다. 간호사인 친구가 "언니, 이제 자연 임신할 수 있는 나이가 얼마 남지 않았어"라며 귀여운 협박을 해 왔다. 그 소리에 더 적극적으로 결혼해야겠다고 결심하게 되었다. 마음이 급해지니 결혼할 수 없는 이유와 변명이 거짓말처럼 사라졌다. 그저 나와 함께할 수 있는 사람이라면, 누구든 만나 결혼해야겠다는 생각뿐이었다.

마음을 새롭게 한 후로는 들어오는 소개팅 자리는 마다하지 않고 적극적으로 나갔다. 그리고 상대방의 단점보다는 장점을 찾으려고 노력했다. 함께하지 못할 이유보다 같이 살 이유를 찾았다. 그렇게 몇 사람을 만나다가 지금까지 만난 사람과는 완전히 다른 느낌의 한 사람을 알게 되었다. 그는 몇 번 만나지 않았는데 그냥 편안했다. 세 번째 만났을 때 그 사람에게 솔직하게 말했다.

"나는 결혼해야 해요. 결혼할래요? 아니라면 나는 다른 사람을 찾아야 해요."

결혼에 대한 적극적인 마음은 모든 상황을 빠르게 진전시켰다. 그렇게 지금의 남편을 만나 짧은 시간 내에 결혼에 골인했다.

결혼에 대해 걱정과 두려움이 많았지만 생각했던 것보다 좋은 일이 훨씬 많다. 같이 밥을 먹고, 장을 보고, 산책하고, 소소한 일상을 함께할 사람이 옆에 있다. 그는 내가 어디 가는지 물어보고, 늦게 들어오면 잔소리하며 걱정한다. 가끔 서로에 대해 잘 모를 때는 오해도하고, 마음이 상하기도 하지만 그리 오래가지 않는다. 그냥 이 사람이 옆에 있는 것만으로도 좋다. 어딜 가든혼자가 아니라서 좋다.

결혼하고 얼마 지나지 않아 크게 교통사고가 났다. 작년에도 비슷한 사고가 있었다. 그땐 혼자 일을 처리하고, 혼자 병원에 가서 입원했다. 하지만 이번에는 많은 부분이 달랐다. 사고가 났을 때 제일 먼저 떠오르고연락할 '남편'이 있었다. 구급차에 실려 병원에 갈 때보호자로 함께 가 주는 사람이 옆에 있었다. 병원에서진료받고 치료받는 내내 말없이 곁을 지켜 주는 누군가가 있었다. 사고로 많이 놀랐지만 남편이 옆에 있어 이내 진정할 수 있었다. 퇴원 후 집에 와 저녁을 먹고 깊은 잠에 빠졌을 때도 그는 함께 있어 줬다. 배우자는 부모님과는 전혀 다른 보호자임을 그때 느꼈다. 큰일을 겪을 때 혼자가 아닌 둘이라서 각자의 부족함이 채워진다는 것을 알았다.

'아! 이 사람이 지금 내 옆에 있어서 정말 다행이다. 정말 감사한 일이야!'

10년 전, 선생님 말씀이 옳았다.

"일단 해 봐라. 해 보면 혼자인 지금보다 뭐가 좋은지 알게 될 거야. 네가 좋은 사람이 돼서 좋은 사람과 함께 잘 살면 되는 거야. 이쁘게 잘 살면 되는 거야."

그때는 그 말을 믿지 않았다.
하지만 지금은 말할 수 있다.

"당신도 좋은 사람이 되어서 좋은 사람을 만나 행복하세요! 저처럼요."

신부님이 될 뻔한 미용사

중학교 때부터 성당에 다니던 외사촌 동생이 신학교에 진학하여 신부님이 될 준비를 했다. 동생은 정말 열심히 신앙생활을 하며 착실하게 자신의 길을 갔다. 학교 성적도 뛰어났고 봉사 활동도 잘했다. 사람들은 모두 그가 신부님이 될 거라고 생각했다. 하지만 10년 동안 준비한 과정의 최종 관문에서 떨어져 신부님이 되지 못했다. 성적도 좋았고 평판도 좋았기에 모두 그가 떨어진 이유를 이해할 수 없었다.

신부님이 되는 최종 심사에서 불합격 이유는 절대 알 수 없다고 했다. 동생이 신부님이 되지 못하자 가족들은 실망했고 좌절했다. 특히 그의 길을 열심히 도왔던 작은아버지와 숙모(외사촌 동생의 부모), 동생의 고모가 그 결과에 매우 실망하며 아쉬워했다. 하지만 힘들어하는 어른들과 달리 정작 본인은 그렇게 힘들어하지 않았다. 한편으로는 행복해 보이기까지 했다.

나는 그런 동생의 마음이 궁금했다.

'스스로 최선을 다했기 때문에 결과에 온전히 승복한 걸까?'
'긴 시간 오로지 한 길만을 걸어왔는데 이제 어떻게 살까?'
'하느님은 왜 신부가 아닌 다른 길을 가게 하신 걸까?'
'내가 그랬다면 좌절해서 모든 걸 원망하고 아무것도 못 할 텐데'
'그는 어떤 길을 선택할까?'

동생은 신부님과는 전혀 다른 삶인 '미용사'가 될 준비를 하고 있었다. 사람들의 머리를 만지는 미용사가 되기 위해 열심히 배우고, 미용대회에 나가 상도 탔다. 새로운 인생을 살기 위해 묵묵히 또 다른 길을 가고 있었다. 놀라운 반전이었다.

'미용사? 남자가? 그것도 신부님이 되려고 신학교를
나온 애가? 정말?'

'하느님은 왜 동생에게 전혀 다른 길을 가라고 하시
는 걸까?'

정말 생각지도 못했던 일이었다. 그래서 더욱더 궁금
해졌다. 몇 년 뒤 동생이 자기가 사는 동네에 작은 미용
실을 차렸다는 소식을 들었다. 동생을 만나기 위해 미
용실을 찾았다.

"미용사 일 재미있어? 어때?"

"네, 너무 재미있어요. 좋아요."

"안 섭섭해? 열심히 했잖아."

"후회 안 해요. 신부가 됐어도 같았을 거예요. 근데
지금 이 일도 너무 좋아요."

빙그레 웃으며 조용히 내 머리를 손질하는 데 집중했

다. 동생은 작은 미용실에서 혼자 사람들의 머리를 감겨 주고 잘라 주며 행복해했다. 묻지 않아도 이미 그의 편안한 얼굴이 모든 것을 말해 주는 듯했다. 참으로 지금의 삶에 만족스러워하는 듯 보였다.

그의 모습을 보며 과거에 집착하는 나의 모습을 돌아보았다.

나라면 어땠을까?

실망하고 좌절해 아무것도 하지 않고, 하느님을 원망했을 텐데. 그는 그렇지 않았다.

그 당시 나는 성공의 입구에서 중도 하차한 과거의 삶을 아쉬워하고 있었다. 내가 싫어서 놓았던 그 삶을, 이미 지난 삶을 계속 그리워하며 현재의 삶에 만족하지 못하고 있었다.

그를 보자 나 자신이 많이 부끄러웠다. 앞에 놓인 삶을 있는 그대로 받아들이며 만족하기엔 나는 욕심이 많은 사람이었다. 무엇보다 이 사실을 인정해야 했다. 그러면서 지금 내가 하는 일을 정말 열심히 집중해서 잘했는지 스스로 되물었다.

그런 다음 새롭게 다짐했다. 내가 있는 현실에 발을 내리고 내가 하는 일에 최선을 다해야겠다고, 누군가 알아주지 않더라도 있는 그대로 받아들이며 최선을 다해 살아야겠다고.

일상에서 명상하기

일반적으로 명상센터에 가면 좌선(앉아서 명상하기)을 한다. 유명한 명상센터나 해외의 명상센터도 비슷하다. 인도에서 유명한 요가 스승이 방한해 수업할 때도 몇 시간 동안 앉아서 명상만 한다. 내가 처음 명상이라는 걸 했을 때 누구도 명상하는 특별한 방법을 가르쳐 주지 않았다. 그래서 그냥 다른 사람들이 하듯 가만히 앉아 눈을 감고 호흡에 집중했다.

조용한 음악을 틀어 주며 내면에 집중하면 뭔가 알 수 있다고 했다. 그래서 눈을 감고 집중만 하면 내면이 저절로 고요해지는 줄 알았다. 하지만 바로 그렇게 되지는 않았다. 눈을 감자마자 생각이 끊임없이 일어나 생각만 하다가 끝나는 경우가 대부분이었다. 내면이 고요해지는 명상은 말처럼 쉽지 않았다.

상담 선생님이 운영하는 명상센터의 명상 시간도 그리 길지 않다. 명상을 하긴 하지만 오래 하지도, 많이 하지도 않는다. 수업 시작 전 10~30분 정도 명상하는 것이 전부다. 대신 앉아서 하는 명상보다는 몸을 움직여 봉사하는 일을 더 많이 한다. 그래서 도반 선생님들은 간혹 이런 농담을 한다.

"우리 센터는 이름이 명상센터인데 명상을 많이 안 해. 가만히 앉아 명상만 하는 줄 알고 오는 사람들은 몸 쓰며 봉사하는 일이 많은 걸 보고 도망갈걸."

일하느라 지쳐 있다가도 이 농담 한마디에 모두 웃으며 "맞아. 맞아"라고 맞장구친다.

처음 상담 선생님을 만났을 때 항상 바쁘신 모습을 보고 여쭤본 적이 있다.

"선생님, 선생님은 언제 명상하세요? 일하시느라 항

상 바쁘시잖아요."

그때 조용히 나물을 다듬으며 말씀하셨다.

"지금."

짧은 대답 후, 이내 침묵하시며 하던 일에 집중하셨다. 그 말이 무슨 뜻인지는 이후 수업 시간을 통해 알 수 있었다.

"명상은 일상생활을 하며 침묵 속에서 내 안에 집중하는 겁니다. 그때 내면에서 올라오는 것이 있어요. 그 느낌을 그냥 느끼고 흘려보내는 것이 정화이고, 수행입니다."

일하면서 한 가지에 집중하는 것, 침묵하며 지금 하는 일에 집중하는 것, 그 자체가 명상이고 수행이라는 것을 그 어느 유명한 명상센터에서도 알려 주지 않았다. 선생님의 가르침은 쉬워 보였다. 하지만 배운 것을 그대로 실천하는 것은 정말 어려운 일이었다.

나는 일할 때 항상 말하기 바쁘고 남들 보기 바빴다. 모든 관심은 오로지 밖에 있었지, 내면에 있지 않았다. 하지만 선생님은 식사를 준비할 때도, 청소할 때도, 봉사할 때도, 장을 담글 때도, 김장할 때도 항상 침묵하셨다. 선생님과 초반에 같이 일할 때 나는 이것저것 궁금한 것을 많이 질문했다. 처음에는 모든 질문에 답해 주셨다. 하지만 어느 시점부터는 모든 질문에 똑같은 대답을 들려 주셨다.

"입 다물고 그냥 네 안을 잘 관찰하거라."

처음엔 너무 답답했다. 안을 관찰하는 것이 어떤 건지, 뭘 보라는 건지 도대체 알 수가 없었다. 하지만 어떤 질문을 해도 같은 대답을 하시니 점점 입을 다물 수밖에 없었다. 하루는 정말 물어보고 싶은 질문이 있었다. 하지만 돌아올 대답이 뻔해 묻지 못하고 묵묵히 설거지만 했다. 계속 침묵 속에 있었다. 그러다 보니 질문하려던 것을 생각하게 되었다. 그렇게 한동안 침묵하며 그 질문에 집중하다 보니 어느 순간 '아!'라는 탄성과 함께 저절로 답을 알아차리게 되었다. 신기했다. 그리고 알았다.

'아! 이게 선생님이 하시는 명상이구나. 그래서 밖에서 찾지 말고 내면에 집중하라고 하셨구나!'

그때의 깨달음 이후 일할 때 침묵하게 되었다. 묵언이 점점 매력적으로 느껴졌다. 점점 말수가 줄었고 내면에 집중하는 시간이 늘었다. 자연스럽게 밖에서 답을 찾는 일이 사라졌다.

그 후 나는 언제, 어디서, 무엇을 하든 명상을 한다.

속이 시끄러울 땐 무조건 움직여!

"너는 공부했다는 애가 왜 그러니?"
"상담한다는 애가 그렇게밖에 못하니?"
"명상한다면서 그것도 못 참아서 어떡하니?"

마음공부를 한 후 감정을 솔직하게 표현하게 되면서
가족으로부터 비난의 소리를 들어야 했다. 조용하고,
말 잘 듣고, 착하기만 하던 애가 마음공부를 하고 예전
과 달라지니 가족들은 오히려 싫어했다. 그런 말들을
들으면 짜증이 나고 화가 났다. 마치 '성자가 되어야지,
그것밖에 못 해?'라고 강요하면서 비꼬는 것 같았다.

하루는 '그래 나는 성자가 아니다. 성자인 척, 고상한
척하다가 들켜서 화가 났구나' 하고 숨겨진 감정을 알
아차렸다. 그 후로는 어떤 말을 들어도 '그렇구나' 했

다. 하지만 여전히 가족들은 나를 이해하지 못한다.

그래도 예전보다는, 마음과 생각이 많이 고요해진 편이다. 감정이 복잡해지는 횟수도 제법 줄었다. 내면은 시끄러워도 외부 생활은 조용하다. 하지만 때때로 짜증도 나고, 화도 난다. 겉으로 표현은 안 하지만 속이 시끄러울 때가 많다. 그 감정을 품으려고 해도 품어지지 않고, 흘려보내려고 해도 흘러가지 않는다. 내 안이 꽉 차면 아무것도 할 수 없고, 참았다가 폭발하기도 한다.

상담 일을 하다 보면 내담자가 내가 하는 말에 심하게 반박하거나 꼬치꼬치 따질 때가 있다. 그럴 때 내담자는 자기가 하고 싶은 말만 쏟아 낸다. 그러면 나는 입을 다문다. 상담 초창기에는 그런 내담자를 만나는 날이면 마음이 심란했다. 상담자이니 참아야 했다. 내담자와 싸울 수는 없었다. 그의 입장에서는 모든 말이 맞는 말이다. 그럴 때는 내담자가 내 말에 귀를 기울일 수 있을 때까지 잠자코 기다린다.

남편이 말도 안 되게 고집을 부릴 때가 있다. 어떤 말로도 설득되지 않는다. 타협도 안 된다. 그를 바꿀 수 없으니 내가 바뀌는 수 밖에 없었다. 그의 마음이 풀릴 때까지 그냥 조용히 기다렸다. '저 사람은 내 거울이야. 내 진짜 모습이 저렇구나' 하며 입을 다물었다.

하지만 그런 노력에도 불구하고 밤새 속앓이를 하며 더이상 참기 어려우면 그때는 밖으로 나가 무작정 걷는다. 새벽바람이 차갑지만 가슴속의 뜨거운 열기로 인해 차가운 바람이 싫지 않다.

한참을 걷다 보면 한곳에 묶여 있던 생각이 흩어져 사라지고, 마음속에 응축되어 있던 것이 줄어들었다.

마음이 복잡하거나 상황이 받아들여지지 않을 때는 명상도, 숙고도 안 된다. 명상한다고 눈을 감아 봐야 부글거리는 감정과 온갖 생각에 더 괴롭기만 하다. 그럴 땐 아주 피곤해 쓰러질 때까지 몸을 움직인다. 꼼짝하기 싫어도 일부러 움직인다. 일이 없어도 무작정 나간다. 아니면 미뤄 두었던 빨래나 청소를 한다.

몸 쓰기에는 화장실 청소가 제일 좋다. 땀을 뻘뻘 흘리며 물때를 솔로 구석구석 빡빡 문지르고 시원하게 물을 뿌리기를 여러 차례 반복한다. 묵은 때가 씻겨 나가는 걸 보는 것만으로도 속이 시원해진다. 청소 후 시원하게 샤워까지 하면, 남아 있던 감정이 물과 함께 씻겨 나가는 기분이다. 그렇게 몇 시간동안 청소하고 나면 복잡하던 머릿속이 아무일도 없었던 것처럼 텅 빈 느낌이다.

신기한 일이다. 마음이 복잡해서 몸을 움직이는데 오히려 생각이 줄어든다. 머릿속에서 끊임없이 써 내려가던 각양각색의 스토리도 사라진다. 그렇게 매여 있던 생각에서 풀려나니 자연스럽게 몸의 감각이 살아난다. 걷는 곳이 자연이라면 흙냄새, 풀냄새가 난다. 화장실 청소 중이라면 물 냄새조차 시원하게 느껴진다.

한참을 움직이다가 휴식할 때쯤엔 앞에 있었던 일들이 모두 소화되어 흔적이 없다. 힘들다고 생각했던 일은 어느새 아무것도 아닌 일이 되어 있다.

예전에 명상센터에서 수련할 때 선생님이 항상 말씀하셨다.

"몸을 많이 움직여서 내 안에 있는 것, 불필요한 에너지를 흘려 보내야 한다. 가만히 앉아서 명상하고 수련하는 것도 좋지만, 몸을 움직여서 땀을 흘리며 일하는 것이 마음 안에 쌓인 것을 흘려 보내는 데 더 많은 도움이 된다."

함께 공부하는 도반 선생님들은 주말이나 휴일이면 누가 부르지 않아도 몸 쓰는 일을 하러 일부러 모여서 봉사한다. 도시에서 머리 쓰는 일을 많이 하는 사람일수록 몸 쓰는 일이 익숙하지 않아 힘들어한다. 하지만 몸으로 일한 후 느끼는 개운함을 경험한 후, 아무 말없이 몸을 움직여 하는 일을 마다하지 않는다.

　나도 그렇다. 나 또한 속 시끄러운 일이 생기면 일단 몸을 움직인다.

에필로그

미래가 두려운 나에게 말한다.

'지금 하는 일에 집중 좀 하자. 쓸데없는 걱정은 일단 저리 치워 두고.'

미래에 대한 막연한 두려움이 잘 살고 있다가도 한 번씩 나를 짓누른다. 그럴 때 종교가 있는 사람들은 하나님, 부처님 등 신이 알아서 해 준다고 믿으며, 그 믿음으로 산다. 기댈 곳이 없었을 땐 종교를 가진 사람들이 부러웠다. 딱히 종교가 없었던 나는 그동안 많이 방황했다. 뒤돌아보면 잘 살아낸 것 같기도 하고, 못 살아낸 것 같기도 하다. 가끔은 모든 것이 막막해질 때가 있다. 그럴 땐 마치 깜깜한 암흑 속에 있는 것 같아 아무것도 할 수 없다.

'도대체 뭘 해야 하지? 어디로 가야 하지? 누구를 만나야 하지?'

그럴 땐 정말 아무것도 모르겠다.

어렵다.

진짜 어렵다.

현자들은 항상 말해왔다.

'현재에 최선을 다해 충실해라.'

'현존해라.'

'지금의 삶, 내 발 앞에 떨어진 삶에 집중해 살면 두려움과 걱정은 필요 없다.'

'지금 해야 할 일에 온 힘을 다해 최선을 다하고, 미련 없이 자신의 열정을 불태워라.'

'깨어나라. 현재에 깨어 있어라.'

'네가 누구인지 깨달아라.'

'네 안에 있는 빛을 찾아라.'

'모든 것에 감사해라.'

진리의 말이지만 매 순간 내 삶에 실천하는 것은 어려운 일이다. 순간순간 밀려드는 걱정, 생각, 두려움, 외로움이 익숙해 그 속에 빠져 허우적거리기가 쉽다. 지금 하는 일에 집중하지 못해 스스로 뺨을 세차게 때린 적도 있다. 그럴때마다 그동안 배웠던 많은 가르침을 떠올리며 정신 차리려고 애쓴다. 다시 나를 바꾸려고 노력한다. 그래도 안 되면 '감사합니다. 감사합니다. 감사합니다'를 되뇌면서 내 안의 긍정적인 에너지를 끌어올린다. 어떤 상황에도 흔들리지 않고 중심을 잡으며 현존하려는 노력은 오늘도 계속되고 있다.

조금씩 정신을 차려 가는 나에게 조심스럽게 물어본다.

너 오늘, 지금, 이 순간

해야 할 일을 최선을 다해 끝까지 해 보긴 했어?

진짜 사랑은 작고 사소한 곳에 있구나!

선생님이 산책하러 나가셨다가 개나리 한 줄기를 들고 들어오셨다.

"그런 건 왜 주워 오셨어요?"

내가 타박하듯 물었다.

"응, 땅에 떨어져 있는데 아직 꽃이 피기 전이야. 물에 담그면 이쁘게 필 거야."

며칠 후, 노란 개나리꽃이 이쁘게 폈다.

"음식물 쓰레기통이랑 걸레통이 너무 지저분한데, 버리고 새 걸로 바꿀까요?"
"아니야. 깨끗하게 씻으면 되지."

오래 써서 버리고 새 걸로 사자고 했지만, 선생님은 깨끗하게 씻어 새것에 가깝게 만들어 두셨다. 선풍기 버튼도 꼭 허리를 굽혀 손으로 끄시고, 바닥에 있는 물건도 항상 손으로 하나하나 치우셨다. 귀찮아서 모든 걸 발로 해결하던 나와는 너무 달랐다. 10년간 곁에서 뵌 선생님은 사소한 것 하나까지 함부로 대하지 않으셨다.

선생님은 항상 말씀하셨다.

"작고 사소한 것을 귀하게 여기고 존중하고 사랑해라. 진짜 사랑은 작고 사소한 곳에 있으니까."

자세히 살펴보면 세상에 필요 없는 물건은 없다. 보기엔 보잘것없는 작은 물건, 작은 생명이라도 할 일이 있고 꽃피울 수 있다. 버려질 수도 있지만, 아직 쓸모가 남았다면 그 자리에서 자기 할 일을 다 한다. 그러니 작고 사소한 곳에도 손길이 필요하다.

사람도 마찬가지다. 우울증에 시달리며 사회에서 더는 아무 역할도 할 수 없었던 그때, 나는 정말 무능했다. 가족 모두 나에게 실망했다. 세상의 잣대로만 판단했다면 어쩌면 나는 이미 이 세상에서 사라지고 없을 수도 있다. 꺾인 개나리 줄기처럼 버려졌을 수 있다.

하지만 선생님을 만나 내가 누구인지, 삶을 어떻게 살아야 하는지 처음부터 다시 배웠다. 나는 살아난 개나리 줄기처럼 물에 담겨 꽃을 피우고 있다. 그리고 세상에 다시 나왔다.

지금은 주변 사람들에게 필요한 사람이 되기 위해 작은 일에도 최선을 다한다. 배운 대로, 받은 대로 세상에 되돌려 주며 사랑을 배워 가고 있다.

내 삶의 작은 것을 귀하게 여기다 보니 사람들의 마음 어느 하나도 함부로 대할 수 없다. 물건보다 더 귀한 것이 사람의 마음이다. 그러다 보니 사람들의 마음을 어떻게 대해야 하는지 더 깊이 생각하고, 더 조심하게 된다. 그리고 배운다.

세상의 모든 것은 모두 귀하고 존중받아야 한다는 걸.
누군가를 함부로 대할 자격은 세상 그 누구에게도 없다는 걸.

지금은 보이지 않거나 초라해 보여도, 시간이 흐른 후 자신만의 이쁜 꽃을 피울 누군가가 어디에든 있다. 거기에는 나도 포함되어 있다. 나를 진정으로 사랑하는 방법은 다른 곳에 있지 않았다. 곁에 있는 작고 사소한 것을 사랑하고 소중히 여기는 것이 결국 나 자신을 사랑하는 방법이었다.

생각을 담다
마음을 담다

도서출판 담다

수면제를 하나씩 모았습니다

장현주 마음 치유 이야기

초판 1쇄 2022년 11월 22일
지 은 이 장현주

발행인 김수영
발행처 담다
교열 김민지
디자인 김혜정 · 이초록
출판등록 제25100-2018-2호
주 소 대구광역시 달서구 조암로 38, 2층
메 일 damdanuri@naver.com
문 의 010.4006.2645

ⓒ 장현주, 2022
ISBN 979-11-89784-26-3(03810)